06

All about Love

06

All about Love

踩踏在邊境之上 你的，我的愛情

by Sophia

01

「其實你可以不用管我。」如果能夠堅定的說出這句話或許他就能從有我的世界裡解脫，只要我表現出一點也不需要他的樣子就好了。

我看著坐在正對面的小翰像是在玩不眨眼比賽一樣一動也不動，雖然是小翰先眨眼但最後卻是我輸了。

最後我只好跟他一起走進醫院。3117病房。

盯著空蕩蕩的白色床鋪，屬於醫院的氣味包裹整個身軀，真是令人想吐。

被仔細摺疊好的被子和沒有皺摺的床單，旁邊擺著喝到一半的水杯，其餘的就什麼也沒有了。

站在距離病床兩個跨步的距離，小翰沒有任何妥協的站在我右後方，如果是要來探病也沒有人可以探那為什麼非得逼我站在這裡，雖然很想這樣對小翰說但最後我也只好認命的往前走。

然後、爬上床。

盯著面無表情的小翰慢慢在病床對面的長椅坐下，接著他從包包裡拿出一本感覺很艱深的書絲毫沒有要理我的跡象，把我抓回來就已經達成任務了，大概小翰是這麼想的吧。

「你不知道被關在醫院是很可憐的一件事嗎？」

「我也和妳一樣被關在這裡。」

「根本就不一樣。」我看著自己的左手腕，被纏上繃帶的傷口正在癒合但真正的傷口卻持續在擴張，「再說我也不算是病人。」

小翰放下手上的書視線定格在我身上，「但是妳受傷了。」

就這點來說小翰是很頑固的。所以我放棄掙扎，反正今天也已經在飲料店待了半天，我想那大概是小翰所能忍受的極限，不然早在踏出醫院的同時就被拎了回來。

其實應該改口的，畢竟小翰這樣的稱呼完全不適合現在的他，但從小就已經習慣的稱呼他既然沒有反對我也就沒有努力改口，結果他身邊的人就只剩下我這麼喊了。

也說不定正因為只剩下我一個人還喊著小翰，因而我成為最後一部分他想捨棄卻始終黏附著他的記憶，就像是恰巧留在不適當位置的傷疤一樣，即使是淡淡的肉色卻始終在那裡。不斷的提醒小翰那裡曾經有個傷口。

「你今天會待在這裡陪我嗎？」

小翰的動作沒有任何改變，但我想大概是因為他看的書太過艱深所以連翻頁也沒有，「我會睡在這裡。」

差一點我就要哭出來了。

我並不是一個軟弱的人雖然也沒有多麼堅強，但至少在每個人的面前都能夠很開心的揚起微笑，不管是不是真的但只要扯開笑容那一瞬間連我都會以為自己很開心，所以在被送進醫院之後不管是爸爸媽媽還是負責照顧我的姊姊都感到不知所措。

好不容易被笑容遮掩住的坑坑洞洞卻在意料之外被用力掀開。

大概只有小翰能夠保持冷靜，所以最後照顧我的責任就落在他的身上，我想爸爸媽媽或是姊姊也都不知道該怎麼面對我。一直以來都是這樣。

那天晚上我在自己的左手腕用力的劃下一刀，很痛真的很痛但是我沒有發出聲音也沒有哭，我並不是想死從來我就不想死，只是因為無法忍受所以無論如何都想轉移那種感覺，**在我身軀之中的寂寞不斷不斷的膨脹，如果不劃開一個切口可能我就會爆裂**，所以當血液流出的同時也在疼痛，但我感到某種釋放。

寂寞也會一起流逝吧。

「小翰今天真的會待在這裡陪我嗎？」

「我會待在這裡。」

「醫生說我很快就可以出院了，但是這樣我又要一個人回去了。」我望向認真看著書的小翰，他從那時候開始就是一副冷冰冰的樣子。雖然看過他笑但從來就不是對我，大概小翰很討厭我吧。但就算是這樣我還是很喜歡他，他是唯一一個會待在我身邊的人了。「我已經半年沒有見到小翰了，接下來會不會更久才能見面呢？」

看樣子小翰已經決定不理我了。

我嘟起嘴扯著棉被，雖然說已經習慣但還是有點難過，人生之中有百分之九十的事情是能夠被習慣的，剩下的那百分之十因為無法習慣所以人們選擇捨棄或者逃避，但還是有些人執意的抓住不放手。

我想這種時候如果繼續說話小翰可能會轉身離開，好不容易有一個人陪在我身邊就算是這種情況。

「我要睡覺了。」我很努力的忍著眼淚，小翰最討厭我哭了，「醒來的時候你會在嗎？」

「妳快點睡，我等一下就關燈。」

結果醒來的時候又只剩下我一個人了。

不久前小翰還坐在對面的，如果自己早一點醒來就好了。

常常就只是差了一秒鐘，但錯過就是錯過；沒有人在乎兩個人之間的相隔是一秒鐘還是一分鐘，唯一能被看見的就是那張空蕩蕩的長椅。

還有始終寂寞的自己。

我也明白小翰是我最不應該盼望的人，但我們之間的遙遠正來自於相互的貼近，雖然總是很冷淡的對待我但也只有小翰從來就不遮掩，無論是爸爸媽媽或是姊姊，雖然都以疼愛我的姿態存在於我的生活中，但那些微笑卻帶著飄忽的眼光。

——拜託妳不要靠過來站在那裡就好，然後我們就會給妳盡可能的微笑。

其實我一直都很清楚，所以我總是很安分的站在圈畫好的範圍內，我的世界周圍被覆上跟小王子故事裡一樣的玻璃罩，其實並不是為了保護玫瑰，而是要讓其他的人不要被玫瑰的刺扎傷。

□

護士說我過幾天就可以出院了，兩天還是三天但這樣的數字對我而言一點意義也沒有，我也只是從一座荒城遷徙到另一處空城，說著真開心終於可以離開醫院了，但卻沒有人聽見。

在我記憶之中唯一感到開心的時光是被我自己捨棄的，是我自願成為空城的居民所以這本來就是自己該承受的事情。

小翰已經太過寬容。

走向長椅我緩慢的坐下，從這裡望去小翰眼中的我究竟是什麼樣子呢？

以前我總是哥哥、哥哥的跟在小翰的背後，我也忘了是從什麼時候就不管其他的喊著小翰，大概是從知道其實長久以來愛著的爸爸媽媽並不是生下我的人，小翰也不是那個我以為的哥哥開始，雖然爸爸媽媽堅定的說無論如何我們都是一家人，但那一瞬間我感覺自己已經崩裂了。

並不是那份愛崩裂而是我的世界。

我以為爸爸媽媽應該要堅決捍衛我的去留，而不是以太過慈愛的態度聽從我的決定。

於是我被帶回了現在這個家，然後對見第一次面的男人女人喊著爸爸媽媽和姊姊；我始終相信爸爸媽媽或是小翰會在哪一天出現將我帶走，但漸漸的我才明白，是我自己選擇離開因而他們沒有任何拉回我的理由。

但是我的離開卻是為了證明他們會拉住我。

很多事情總是要到了無法挽回之後才能明白，所以現在就算拉著小翰拚命解釋也沒有用處，那一個瞬間重擊爸爸媽媽和小翰胸口的是我的選擇。

再見到小翰的那一天，三年還是五年，確切的時間並不重要，而是那段時間確實是以無限延伸的方式在我的生命中搖晃，總感覺過了一個很長很長的呼吸卻連一秒鐘都不到，那些日子我就是這樣在無盡的盼望與反覆的落空之中來回晃盪。

最後我看見小翰模糊的身影。

小翰。雖然想親暱的叫卻一個音也發不出來，如果當初好好的伸出手或許小翰就不會這麼冷淡了也說不定，但那些「如果」也只是一種自我安慰；他站在門外絲毫沒有踏進的跡象，不知道從什麼時候開始小翰已經長得那麼高了，如果只看背影可能會認不出來，這麼一想我就突然好害怕。

……我爸媽出車禍過世了。

我爸媽。並不是像過去一樣說著爸爸媽媽，小翰已經把我劃分在他們之外成為「他們」與「我」。

那一瞬間我的腦袋一片空白，不僅僅是因為爸爸媽媽的死訊，還有我已經被小翰排除在外的這個事實。

小翰已經是高中生了吧。所以跟還是國中生的我已經是兩個世界的人了啊，那一段時間裡我很努力用這件事來說服自己，升上高中之後也因為小翰變成大學生而得以延續相同的藉口，然而一直到現在終於我才不得不承認，排除，小翰對我的排除是一種心理層面的區隔。

所以我該怎麼才能踏進曾經是「我們」而現在卻相隔那麼遠的彼端呢？

我沒有參加爸爸媽媽的告別式，那一天我把自己關在房間裡任何燈也不開，也就是從那一天起，我的寂寞開始無限膨脹並且找不到終點。

□

小悠把包裝得很漂亮的蛋糕放在我的面前，是草莓口味的喔，半炫耀式的打開盒子，這是探病的禮物。

用重感冒作為理由沒到學校並且拒絕了所有邀約，其實可以說實話，我一點也不在意，但姊姊堅持「這種事情」沒有必要讓任何外人知道。可是，姊姊卻在第一時間聯絡了小翰，在醫院裡我沒有見過姊姊，從頭到尾都只有小翰。

到底小翰的存在是什麼呢？

不知道從什麼時候開始，姊姊會把關於我的事情都交給小翰處理，明明就跟他已經沒有關係了，但小翰從來沒有拒絕地承受下來，我猜想或許是因為死去的爸爸媽媽的緣故，「我們永遠都是一家人」，就算小翰想抹滅這句話但因為是媽媽的信念所以也沒有辦法。

現在的我可以說是依靠著這樣的邊緣性努力喘息著。

「身體有好一點嗎？」

「好很多了。」雖然一點食慾也沒有但我還是以一副很開心的樣子吃下一口蛋糕，我不喜歡草莓口味，帶著微笑我盡可能順暢的吞嚥，「其實沒有很嚴重。」

「都住院了還不夠嚴重嗎？」小悠喝了一口玻璃杯裡的開水，「不過都沒有人陪妳待在醫院嗎？」

我想起來今天是星期四，小悠下午沒有課所以一個人來了。妳一個人來就好了，因為還沒有辦法跟很多人一起說話。在電話裡我是這麼跟小悠說的，但就連跟小悠對話我也感到有些吃力，尤其是小悠正坐在小翰昨晚坐過的位置上。

「晚上才會有人來。」我又吞下一口草莓蛋糕，「沒有特別需要人陪的必要啊，所以一個人也沒有關係。」

沒有關係的。

「是喔。」像是突然想到一樣，「前陣子追妳的那個學長啊，聽說已經跟小芬在一起了耶，幸好妳當初很快就拒絕了。」

「還有上次在通識課同組的那個女生啊，她……」

看著小悠我稍稍皺起了眉，她的聲音開始飄遠彷彿融進走廊的交談之中，透露著一種跟我毫無關聯的意味，雖然是對著我說但就算對象不是我也無所謂，對小悠來說她需要的只是一個把那些話說出口的對象。

跟不被需要並不相同，然而對我而言這卻是最難以忍受的部分，雖然能夠感覺對方需要自己，但很輕易就能夠被取代掉，例如說著紅茶剛好沒了那綠茶也沒關係，既然這樣那麼一開始就不要表現出需要紅茶的模樣。

我需要你但不是你也無所謂。

是啊、既然要這麼殘忍倒不如一開始就確認自己是非對方不可還是根本不需要，那種模糊性的需要滿足的從來就只有自己，等到對方發覺的那一天傷痕已經擴大到不得不留下疤痕的程度了。

「不好意思我身體有點不舒服……」

「啊、那妳好好休息，要快點好起來喔，大家都一直在問妳什麼時候才會來上課。」

「我知道，謝謝妳特地來看我。」

「幹嘛那麼客氣，記得把蛋糕吃完喔，那我先走囉。」

「嗯。」我扯開微笑，「再見。」

然後門被輕輕的帶上剩下白色的畫面，怎麼會這樣呢？比一開始還要寂寞還要空蕩，如果一開始什麼都沒有就好了，因為知道那裡曾經有過什麼所以又多了一個期盼的空洞。

我把蛋糕扔進垃圾桶，到洗手間仔細的漱口想沖去殘留的草莓味，勉強自己吞下所有的蛋糕我想我會感到輕鬆一些，但**很多時候人就是藉由自我傷害來確認自己的存在。**

就算是討厭也沒有關係，至少還能感覺到所謂的自己。
那個含藏在身軀之中最深處的存在。

「小翰今天會來嗎？有同學來看我所以吃了草莓蛋糕，然後坐在窗邊看了一整個下午的灰色天空，我沒有跑出去喔，因為一直在等小翰來，如果不來也沒有關係我一個人可以的，但能不能先告訴我你不會來……」

打了好多通電話但小翰還是沒有接，在語音信箱留了連自己都感到毫無章法的留言最後我掛斷電話。

我很少主動聯絡小翰，他會不開心的我想，雖然是這樣但我還是很想見到小翰，就是因為這樣才努力的考進小翰的學校，因為小翰很聰明所以我花了整整一年準備考試，從來沒有特別想要什麼的我卻很堅定的說要考那間學校，爸爸只說了好好加油到現在我也不知道他到底知不知道我有沒有考上。

選了幾堂跟小翰一樣的課卻挑了距離很遠的位置，在我的生活裡和小翰是被區分開來的，雖然姊姊常把我的問題丟給小翰，但她卻從來沒有提過小翰，偶爾我會感覺姊姊連我的存在都不願意承認。

沒關係習慣就好。我盡可能讓所能習慣的那百分之九十擴充到百分之九十九，漸漸的我也開始感覺這樣的生活是能夠被習慣的。

八點二十三分。盯望著不斷旋繞著的指針，人生就是這樣被不斷旋繞著的指針拖曳而行，一圈一圈永遠是我們無法跨出的圓，即使是閉上眼也還是能感覺身軀之中的迴圈，無論是過去現在或者未來堆疊都是殘留的意識。

未來始終遙不可及。過去再也回不去。唯一所能停留的現在卻以一種艱鉅的姿態降臨，零點一秒與下一個零點一秒之間我被不斷的切割，然而在切割之中寂寞卻逆向放大。

我想起來了，就像是小時候做過的實驗一樣，把實驗物切割能夠讓反應速度加快，盡可能的加大接觸面積，所以在時間的切割之下我所沉浸在寂寞裡的範圍也越來越大，並且如同海綿一般讓寂寞的汁液滲入，在飽和的臨界依然違反負荷意願持續的吸收。

到了最後就只能永遠卡在某個現在的點，太重的身軀已經無法行進。

我所被卡住的那一個瞬間，正是在告別式之後終於見到小翰的那一天。

太過冷淡的雙眼無論如何都無法前進，明明在哪裡都能順利揚起微笑但為什麼那個時候卻會掉下眼淚呢？

我把自己包裹在白色充滿藥味的冰冷棉被裡，只要感到難過或者痛苦我就會像這樣把自己包覆起來，心中帶著誰都不要來掀開的意念卻同時懷抱著哪個人快點拉我出去的期盼。

沒有用的喔。每次照著鏡子的時候都會這樣告訴自己，這種時候只能靠自己走出去喔，雖然知道這件事但有些時候是自己無論如何都沒有辦法獨自逃脫，就算只是一個微笑，都能成為出走的方向。

我聽見門被打開的聲音，雖然很小聲但不會錯絕對是門被打開了。

掀開棉被一小角我並不想看見護士的臉，儘管每次都帶著溫暖的微笑，但正是這樣的溫暖讓人感到難過，不管對誰都是一樣吧，護士的微笑指向的是眼前的病人並不是我。

「……小翰？」

我慢慢掀開棉被看見的是站在窗邊的小翰，他並沒有回頭也沒有移動就只是站在那裡。

有一段時間小翰常常帶著我到頂樓，當我看著星星的時候小翰卻總是望著那一片燈海。太過閃耀的畫面。

一開始全部都是暗的。我看著小翰不太清楚的側臉，那時候的我只是安靜聽著小翰說話。現在這樣太亮了，星星都看不清楚了。小翰很安靜的說出這句話，那是最後一次和小翰一起去看星星。

就算看不清星星也沒有關係，只要有小翰在身邊就好了，但這樣的話現在卻沒有辦法說出口，如果試圖伸出手拉住小翰的話，說不定會被用力揮開，接著小翰就轉身離去了。

就算沒有辦法靠近我也可以忍耐，只要還能感覺到小翰還在我身邊就好。

「小翰……」

「把桌上的牛奶喝了就睡覺。」

小翰轉過身但沒有移動，我伸手拿了不知道什麼時候被放在桌上的牛奶，用吸管慢慢喝著，雖然說沒有交談也沒有笑容但小翰總是會確認那些食物確實進到了我的身體，這也許是從小到現在唯一不變的一點。

也許就只有在這種時候小翰才會願意注視著我。

所以即使一點食慾也沒有，或是眼前的食物完全無法吞嚥，我也還是會一口一口的讓那些食物成為我身體的一部分。就算吃掉整個草莓蛋糕也沒有關係。如果能延長小翰視線停留的長度。

高中的時候因為發高燒被送進醫院，某個人來探病送了一盒草莓蛋糕，小翰就站在眼前但卻是伸長了手也碰觸不到的位置，擺在眼前的蛋糕因為小翰一直不看我所以我一口一口努力的全部吃光，一邊流著眼淚一邊安靜的吞嚥著，小翰沒有阻止我而是像定格一樣凝望著我。

最後我瘋狂的嘔吐，像是要掏空自己一樣的嘔吐，小翰就站在外面他會聽見吧，我並不是藉此想得到他的寬容，單純只是希望小翰不要不看我。

一旦移開眼光很有可能就再也不會回頭了。就像是小翰口中的爸爸媽媽成為他爸媽那樣。

自從那之後我就時常待在醫院，雖然因為常住院而被認為身體很差但很多時候其實根本沒有必要，然而這卻是所有選擇之中最適合的選項，姊姊不必待在我身邊而我能夠得到妥善的照料。而這也是小翰願意踏進我生活最大的限度了。

雖然不喜歡醫院但這裡卻是我能離小翰最近的場域。

有時候想想都覺得這樣的關係既矛盾又悲哀，就像是同時融進生與死的醫院自體產生的巨大拉扯擴及到了我和小翰身上；「其實你可以不用管我。」如果能夠堅定的說出這句話或許小翰就能從有我的世界裡解脫了，只要我表現出一點也不需要他的樣子就好了，明明就是很簡單的事情卻怎麼樣也做不到。

我需要的並不是某個人，而是小翰。

「我醒來的時候會看見小翰嗎？」

「快點睡。」

「小翰，」我想小翰的手或許已經放在燈的開關上了，「如果你告訴我不會的話，這樣醒來的時候我就不會努力找你了。」

然後燈暗了。

02

不知道從什麼時候開始，雖然爸爸媽媽還是爸爸媽媽但他對我而言卻已經不是哥哥，我沒有辦法清楚定義出他所被擺放的位置，不能用任何界定來劃分他的存在。至少我是以無比堅定的信念這麼相信著。

坐在階梯上我蹺了第二節課，並不是課程難以忍受，單純只是一時間無法適應在遠方小翰的身影。

明明小翰還在我身邊怎麼突然間就成為距離那麼遠的陌生人了呢？

「我第一次看見妳蹺課。」

「嗯？」抬頭進入視野的是紹吾若有似無的微笑還有一瓶氣泡飲料，我是沒有辦法喝氣泡飲料的，但我很少拒絕別人於是我順手接下，「謝謝。」

紹吾在我的左手邊坐下，「這種天氣不蹺課太可惜了，但看見妳走出教室還是讓我嚇了一跳。」

「我只是覺得教室有點悶。」
「怎麼，心情不好嗎？」
我轉開氣泡飲料大口的喝下，那一瞬間灌入的液體讓我的胸口充斥著疼痛感，在呼吸之間反覆扎痛著，在那樣的痛楚之中我扯開了微笑，看著紹吾的眉心並不是雙眼，「就是心情好才要蹺課。」
「妳還真是讓人難以捉摸。」
站起身我用力呼吸，不管是什麼通通都吸進我的身體裡面吧，如果能稍微稀釋寂寞的濃度就算這樣的呼吸會加大氣泡飲料所帶來的疼痛感也無所謂。寂寞不會痛也沒有氣味卻讓人無法逃脫。
正是因為太輕太淡而太過輕易的滲透進肌膚之中。我的呼吸我的血液我的微笑裡密布著寂寞的碎片，正因為不夠完整而始終無法被剝離。
「你知不知道為什麼太陽要這麼刺眼？」
「為什麼？」

「因為要讓我們永遠都找不到想要的答案。」我拉開太過燦爛的微笑，「這樣就可以告訴自己，那裡從來都沒有答案。」

「妳失戀了嗎？」

「我看起來像失戀嗎？」

「不是說太陽很刺眼嗎？」紹吾也跟著站起身，「如果自己找不到的話就喊出來讓大家一起找啊，總會有人不怕陽光的。」

「真是意外。」

「意外什麼？」

「我還以為你是個陰沉的人，沒想到這麼正向。」

他不以為意地勾起淺淺的弧度，大口喝下手中的飲料，仰起的側臉與太陽的反光剎那間晃過小翰的身影，但眨了幾次眼反覆確認後反而覺得自己可笑，小翰不可能以如此自然的姿態站在我面前。

紹吾是同班同學，雖然是這樣但他卻是大多數同學都不認得的少數人。不敢看就把眼睛閉上。這並不是他對我說的第一句話，卻在那句話的句點之後我終於看見這個人。

那節課是牛蛙解剖。其實在那之前他作為我的「鄰居」已經共同操作過很多次實驗，但對我而言不管是他或是任何一個人都一樣，如果對方沒有特別多說什麼那麼彼此的距離就停留在微笑之外。

我來殺。拿過解剖刀我帶著微笑進行實驗，過程中兩個人沒有任何交談，雖然可以把眼睛閉上但事實永遠是事實，我的身邊已經沒有人能夠成為我的遮蔽，所以我強迫自己張眼，並不是變得勇敢而是喪失了膽小的資格。

真是怪人。像今天一樣他邊說邊遞了一瓶氣泡飲料給我，大概就是從那一天開始，他偶爾會出現在我身邊說些莫名其妙的話，漸漸的就成為類似朋友但卻有著微妙不同的關係。

「下課了啊，怎麼教室裡的時間跟教室外的時間速度好像不太一樣。」他半開玩笑的說著，「所以說常蹺課會老得比較快吧。」

「如果時間能過得快一點也好。」

太過緩慢的時間感會讓人不得不仔細地感受在身軀中不斷蔓延的刺痛，反覆的呼吸裡就算說著那並不是寂寞卻更像是一種狡辯，一個人也沒有關係到底這句話要說給誰聽，結果也只是盯望著自己的倒影一次又一次喃唸。

說一千次就會實現了。

小翰曾經告訴我，如果有願望的話說一千次就會實現，但這樣的魔法只能在無論如何都無法靠自己達成的時候才能使用。我從來沒有懷疑過小翰說的話，所以我一次也沒有這麼做，無論實現與否都像是走在鋼索上的危險動作。

盯望著教室的門口看著人群魚貫的走出，然後在那些色彩之中我看見了小翰，有一瞬間的相互對望卻彷彿想像一般飄逝，小翰輕輕揚起微笑，那樣的弧度卻在遙不可及的彼端。在小翰的世界裡，能夠輕鬆微笑的世界裡，不會有我的存在。

「原來妳也對帥哥有興趣啊。」

「什麼？」

「沒什麼。」紹吾的視線在我臉上停留了幾秒鐘又轉向別處，「有時候不要看那麼遠，近的地方也有不錯的風景。」

「這又是什麼感想？」

「只是簡單的心得。先走啦。」

他走下階梯沒入人群之中，我的視線轉向小翰離去的方向，類似殘影的畫面定格在腦中，那些能夠輕易就走在他身邊並且獲得微笑的人也一併沒入人群。

低頭看著用手環遮掩的左手腕，為什麼就算裂開了這麼大的縫隙寂寞卻還是沒有消散呢？

□

「為了慶祝妳出院，所以亦誠要請客。」

「就算要請客也不包括妳吧。」

「都是朋友幹嘛那麼計較對吧，」小悠拍拍亦誠的肩膀，轉頭望向我，「聽說這裡的焗烤超好吃的。」

「嗯。」其實我對食物並沒有太大的感想。

因為特別挑食所以盯著我吃飯成為小翰的工作之一，因為是媽媽分派的工作啊，所以一直到現在小翰還是認真的執行著。

然而無論對我或者小翰而言，進食本身絲毫沒有意義，在吞嚥同時我企冀的是小翰的目光，而小翰則是確認了一項動作的進行。

不管怎麼樣都沒關係，就算只是一連串的巧合甚至是錯誤，只要有那麼一秒是相互重疊，就能成為我的支撐。

我端起玻璃杯，才剛靠近就傳來檸檬的氣味。小翰最討厭檸檬水了，媽媽總是在夏天的冰箱裡放了一瓶瓶的檸檬水，小翰皮膚好都是因為喝檸檬水耶，雖然媽媽這麼說小翰還是會用很討厭的表情大口大口的喝著檸檬水，一邊說著真噁心但卻還是一口不剩的喝光了。

小翰也想要有水嫩的皮膚吧。媽媽抱著我取笑著小翰，那種時候小翰就會當作沒聽見的坐在旁邊，小翰從來就不會轉身離開或是試圖反擊，因為知道媽媽很開心所以小翰其實也很高興吧。

「本來想去醫院看妳的，但小悠就是不肯說妳住在哪間醫院。」

「只是感冒而已，沒必要特地跑一趟。」我突然覺得有點煩躁，又喝了一口檸檬水，「肚子好餓喔。」

才這麼說著服務生就送來前菜，卻沒有辦法打斷小悠和亦誠的交談，雖然難以適應這種太過熱絡的場景，但如果能夠好好融入的話就算只是假裝，也能讓身邊的任何一個人感到安心。

至少我希望讓小翰知道我一個人也沒有問題。雖然總是失敗但還是努力的想要證明，有一天如果能輕鬆的對小翰扯開微笑，那麼小翰就能夠被釋放了。

往前走一步又往後退一步。希望小翰自由卻又期盼他始終在身邊。所以才總是卡在不上不下的位置。

出院的那天我走在小翰的身後，距離著一個跨步那麼遠，我又開始有種想哭的感覺，並不是見不到小翰才會想哭泣，通常是小翰就在身邊卻因而不斷提醒自己彼此的相隔。

我可以自己回去。停下腳步我緩慢而輕的說出這句話，雖然要捨棄小翰送我回去的路途但無論如何我都不想在他面前落淚。我已經沒事了。低頭看著白色帆布鞋誰也沒有動作，最後小翰終於轉身離去。

提著包包我緩慢的走著，溫熱的淚水一滴一滴的滑落，轉為冰冷的瞬間卻又疊附另一層溫熱，只要像這樣一點一點把小翰推開，總有一天能將小翰推到再也不必回來的邊界，可以忍受的，只要一公分一公分這樣增加我可以的。

「改天一起出去玩吧，這陣子實在是太悶了。」

「好啊好啊，宥涵也會去吧。」

小悠帶著一臉期盼望著我，我斂下眼扯開笑容，嗯、一起去吧，這樣答應的人究竟是不是我其實我從來就不明白。

小悠和亦誠都是熱情開朗的人，然而對方越是積極想將自己拉往他們的方向就越讓人感到不安。對了、因為一直看著小翰往某一個方向前進，雖然自己還站在原地但卻能數著小翰的腳步，一步一步緩慢的我能夠忍受，如果連自己都被拉往另一個方向，那麼很輕易就會超過我所能負荷的改變量了。

我的笑容還掛在臉上，這是我能走向對方最近的距離了。

□

打開門我聽見姊姊的聲音，姊姊很少出現在家裡，因為已經有自己的家庭所以沒辦法接妳過來住，姊姊曾經很歉疚的這麼對我說。其實沒有必要為了我特地找出一個理由，我並不會試圖拉住哪個人，但我想因而表現出理解會讓姊姊感到輕鬆一些。

「醫生說不能放她一個人在家，但是我沒有辦法同時照顧我的小孩和她。我也知道這樣拜託你很不應該，但是、但是現在能照顧她的也就只有你了……如果和她一起住有點勉強的話，能不能請你至少每幾天打個電話或是過來看看她……我不知道怎麼面對那孩子，畢竟你曾經跟她一起生活過……我真的不知道她還會做出什麼事情來，突然就割腕我也不知道怎麼辦……明明看起來都好好的，就算醫生說要好好觀察她但要我怎麼做……」

站在門口姊姊的聲音清楚的迴盪在屋子裡，我想劃下的那一刀確實的讓姊姊退開了，或許是逼迫姊姊正視我並沒有辦法一個人好好照顧自己，又或者是太過強烈地提醒她我的存在；我的出發點並不是這樣，真的，從來我就不想讓誰感到麻煩。

我只是、在那一瞬間無法承受而已。

就算是堅定的告訴姊姊「我可以的」也不會被相信吧，所以我也只能輕輕的闔上門，我回來了，以太過輕快的聲音讓姊姊有時間藏匿她的心思。

「宥涵妳回來了啊……」姊姊的電話似乎還沒有掛斷，「我先到房間講一下電話。」

「好。」

坐到沙發上盯望著電視螢幕上我的倒映，大概又讓小翰感到困擾了吧，我想小翰就算感到為難也不會拒絕，我們是一家人啊，媽媽溫柔的聲音現在卻成為小翰身上最沉重的枷鎖。

明明就已經連哥哥都喊不出來了啊。

不知道從什麼時候開始，雖然爸爸媽媽還是爸爸媽媽但小翰對我而言卻已經不是哥哥，我沒有辦法清楚定義出小翰所被擺放的位置，小翰就是小翰，不能用任何界定來劃分他的存在。至少我是以無比堅定的信念這麼相信著。

「宥涵。」姊姊走到我面前，接著在斜對面的位置坐下。

「嗯。」

「妳剛出院姊姊不放心妳一個人待在家裡，但是又沒辦法把妳接到姊姊家住，妳也知道姊姊家裡還有妳姊夫的媽媽……」

「我可以一個人待在家裡，我會好好照顧自己，我——」

「姊姊知道妳可以照顧自己，」姊姊打斷了我的話，以太過堅定的口吻這麼對我說，「只是妳身體還沒有完全復原，總是會讓人擔心。」

我低下頭望著左手腕，仍舊微微透著痛的傷痕在不斷流逝的時間之中逐漸癒合，然而在我跟姊姊還有小翰之間的裂痕卻越來越大。本來就不打算走過來所以看著逐漸加大的裂口反而讓人感到安心，因為走不過去啊，只要這樣告訴自己就能相信其實對方是想走過來的。

「姊姊跟暐翰商量過了，」我抬起頭這是姊姊第一次說出小翰的名字，像是有什麼決定性的改變在那瞬間被成立了，但我卻找不出究竟是哪裡被更動，「他會過來照顧妳。」

「……過來？」

「他有時間就會來看看妳，每個星期三他會留在家裡陪妳，妳應該會很開心吧，再怎麼說他也算是妳的哥哥……妳不用太在意，他也很擔心妳啊，也不是不放心妳，只是這樣做會讓我們都安心一點。」

不要再把小翰拉進來了。

差一點我就這麼大喊了出來，但事實上卻是連一個音也無法順利滑出喉嚨，只能看著姊姊拿起提包，像是終於完成任務一般明快地站起身，她的目光並沒有放置在我的身上。

「姊姊還有點事，晚餐記得吃。」

「好。」

看著毫不猶豫被帶上的門，眨了眨眼我開始懷疑剛才那些聲音或許只是我的想像，但姊姊的香水味卻仍舊飄散在四周成為一種證明。

03

「你等的那個人一直在傷害你？」

「她什麼事都沒對我做啊。連看我也沒有。但這樣反而傷得更重。」

小翰坐在沙發上不發一語的看著書。今天是星期三。

這是小翰第一次踏進這間屋子，他並沒有多說什麼只是看了我一眼，接著盯著我把他帶來的晚餐確實吃光，最後他拿起書絲毫沒有理會我的打算。但是看著這樣的小翰我有種安心的感覺，即使是踏進這個場域的小翰也沒有改變。

「小翰要不要喝果汁？」

「不要。」

「那小翰要不要吃蛋糕？」

「不要。」小翰冷淡的看了我一眼，「我在看書。」

在小翰面前我一直都是長不大的孩子，雖然很努力想要證明卻沒有辦法用成熟的口吻對小翰說話，一直以來都是這樣，或許是內心深處希望時間能夠回到那段日子，然而這樣的口吻卻像種諷刺，不斷提醒我就算討好也不會得到回應的微笑。

如果哪天我也捨棄了小翰這個稱呼，那麼或許才能說是真正下定決心要讓小翰離開。

望著坐在斜對面的小翰，通常我都會站在定點不後退也不前進，雖然喊著小翰小翰卻一次也沒有走向前，總是看著小翰走近或是遠離，因為已經沒有辦法移動了，那個時候決定跟著現在的爸爸媽媽回家的瞬間我就已經喪失了在小翰面前移動的能力了。

我已經退得太遠，如果再抬起腳步可能就會從此踏離有著小翰的世界；然而先離開的是我，所以也沒有辦法任性的說回來就回來，用著明快的聲音說著「我回來了」，無論如何小翰都不會接受吧。

「小翰今天會待在這裡嗎？」

「妳洗澡了嗎？」

關於這類指涉到你會不會待在我身邊的問題小翰從來沒有給我明確的答案，會或者不會，雖然聽起來很明快但在我和小翰之間卻始終模糊。

在那之前沒有人思考過這個問題，小翰一直是無庸置疑的存在，即使來到這個家之後我還是堅定的相信著；然而在我面前的小翰就算乾脆地把我的手揮開也理所當然，在決定不踏進爸爸媽媽的告別式那一天，我就已經做好永遠不被原諒的準備了。

如果走進那場告別式，爸爸和媽媽很輕易的就會原諒我了吧，沒有關係所以妳也不要再責備自己了，媽媽一定會帶著溫柔的微笑這樣對我說；然而事實上我卻無論如何都無法原諒自己，所以這樣就會永遠違背媽媽的心願了。

小翰對我的無法諒解或許並不是選擇離去，而是決定不回去。

「洗好了。」看著小翰我突然發現自己無法距離這麼近的盯望著他，只要再停留一秒鐘就會超過我所能負荷，於是我斂下眼，「我要去睡覺了。明天早上我會看見小翰嗎？」

背對小翰我深而緩慢的呼吸，小翰在那裡並不是這裡。

「如果小翰清楚的告訴我『不會』的話我就不會一直找你了。」

這樣的話不是第一次這麼對小翰說，然而我一直以為我和小翰之間能夠保持著平衡的疏遠，直到他踏進這間屋子，在今天之前這裡始終是他不願意趨近的場域，這裡是我從徐宥涵成為楚宥涵的起點。

還是辦不到。

時常我們以為自己做得到然而卻連邊緣都無法觸碰，以那麼近的距離凝望著他的遙遠，根本我就無法承受。

「我一直在等的，就是小翰的『不會』。」我說，「這樣，小翰就自由了。」

□

走在小悠跟亦誠的中間我聽著左邊與右邊的話語相互來去，有些時候小悠對著我說卻是想讓亦誠聽見，有些時候亦誠回應著小悠卻是想讓我明白，他和她不斷將字句拋出，然而就像是在玩著回音遊戲一樣大喊，雖然知道反彈的還是自己的聲音卻在明白之中又感到些許失落。

我一個人沒關係的。

雖然這樣一直反覆喃唸卻期盼在那樣的回音之中聽見誰的聲音。

我在這裡。如果有一個人能夠若無其事這麼對我說就好了。

「好久沒有這樣一起出來了，不過有兩個女孩子陪還真是招搖。」

小悠總是用著言語試圖得到對方的回應，然而她卻絲毫沒有考慮到在她言語之中一併被扯進的人，在她身邊的時候，她的心思時常被圈劃成「我們的心思」傳遞出去。我並不想多說什麼，但總會在某些時刻感到厭煩。

有些時候人們為了得到「我們」這個抽象詞彙，勢必要忍受或者犧牲些什麼，但往往彼此所界定的「我們」範圍太過歧異，因而在相互妥協碰撞之後又再度成為「你」和「我」。

無論是友情或者愛情都是如此，然而我所尋求的並不是「我們」，而是一個能夠真正看見我的人。

「不然妳再找個男的過來不就剛好嗎？」

亦誠並不是不明白，然而當兩個人的目光並非相對的同時，為了保全自己也保全現狀的做法就是別開雙眼，假裝沒有看見所以一切都沒改變。

然而他卻反覆的在言談中摻入隱微的阻擋。

這裡準備的不是妳的位置喔。帶有一點這樣的意味但卻沒有明確指涉出那裡是誰的位置，所以小悠依然抱持著「我還是能走過去」的心思，彼此交錯。

「下次，」用一種介於玩笑與認真的口吻，我以不大不小的音量說著，「你們兩個一起出來不是剛好嗎？」

「宥涵妳在說什麼啦。」

「我跟小悠單獨出來不是很奇怪嗎？」

哪裡奇怪呢？就算是單身男女但是關係良好的朋友一起出去有哪裡不正常嗎？雖然想這麼說我卻只是輕輕扯開笑容，這樣的關係太過微妙，明明每個人都知道，但只要所有人都站在原地就能維持現狀。

然而這種幾近搖晃的現狀總有一天會瓦解。

「妳今天怎麼都不說話？」

「嗯？」抬頭只看見亦誠我才想起來會站在這裡是因為小悠到洗手間，「有嗎？大概是聽你們說話很有趣，所以就不想插話了。」

「要喝點什麼嗎？前面有間便利商店。」

「不用了。」我搖了搖頭，「等一下問問小悠吧。」

「我對小悠……」亦誠的表情太過認真，當某一邊的人越來越往前靠的時候，產生的會是一種擠壓而不是貼近，因為那裡從來就沒有他的位置，「我就只把她當朋友。」

三個人都知道的事情一旦被說口彷彿意味著現狀即將被改變，事實和必須被承認的事實還是有著決定性的差異。

「不是本來就是朋友嗎？突然說這些。」

「我……」

「你們在說什麼啊？遠遠就看見亦誠表情超嚴肅的。」

「沒有啊，他很認真在想午餐要吃什麼。」

「是喔。」小悠看了亦誠一眼接著勾起我的手，這種微妙的動作我通常視而不見，「走吧。」

□

說要回家我卻走到了這裡。

其實我手中還是有一把鑰匙，無論如何都堅持要帶在身上卻從來沒用過，是離開那天媽媽放進我手中的，沒有多說什麼卻堅定地凝望著我；不止一次我呆站在門前，差一點就要拿出鑰匙試圖旋開門把，然而卻有一股更加巨大的假想開始膨脹。

說不定門鎖已經換過了。

那麼我連最後一絲盼望的空間也會被強迫收回。小翰就在那裡。但我握有的卻是一把回不到過去也打不開現在的鑰匙。

「妳在這裡做什麼？」

回過頭心中交雜的不知道是失望還是慶幸。走近我身邊的並不是小翰。

「沒什麼。」我不打算編造藉口，多餘的藉口只會讓人顯得更加狼狽也更加脆弱，以那些堆疊的藉口作為一種記號，標示的並不是寶藏在這裡而這裡就是要害，「你怎麼會在這裡？」

「經過。這附近有個公園，無聊的時候會過去。」紹吾淡淡的看了我一眼，「要一起去嗎？看起來妳也很無聊。」

最後兩個人安靜的往公園的方向走，關於那個場域我太過熟悉，小翰總是和我在公園裡玩著只有兩個人的躲貓貓，雖然很輕易就會知道我的藏匿處，但小翰時常裝作不知道四處的喊著我的名字，偶爾會以挫敗的聲音說著「出來吧，我找不到妳」，但最後總會以誇張的口吻大喊「我找到妳了」。

我從來沒有換過藏匿的位置，如果小翰真的找不到我該怎麼辦呢？

這種自我滿足型態的躲貓貓一直都是我最喜歡的遊戲，無論如何最後小翰一定會找到我。

在被找到的那瞬間，是一種被牢牢刻印在心底的感受，或許也因為這樣，一直到現在我還是相信著小翰一定會找到我，躲在最深處的那個我最後一定會被發現。

一定會被小翰發現的。

「雖然經過的人很多，但實際走進公園的人卻很少。」順著紹吾的視線，那棵大樹的後面是我時常藏匿的位置，但他指的是旁邊的長椅，「坐在那個位置可以很清楚看見人群，不管是往左邊還是右邊，雖然都是不認識的人，但偶爾還是會有一種失落的感受。」

「失落？」

「嗯，就算覺得很荒謬，但**即使是錯誤的時間或者空間，人還是會盼望某個人會出現在面前。而且是朝自己走來。**」他在長椅前停下腳步，「或許正是因為對方出現的機率幾近於零，所以才更加期待她的出現，奇蹟，就是每個人在等的兩個字。」

「除了正向之外，原來你也是這麼感性的人。看來我真的很不了解你。」

「我都在這裡，所以如果妳想了解我，我會很樂意替妳解說。」

「解說？」看著他坦然的模樣反而讓我笑了，果然也是個怪人，「所以你心底有一個期盼出現的人嗎？」

「嗯。」

「那她……有出現嗎？」

「雖然不是朝我走過來，但至少在不預期的地點見到她。雖然邏輯上知道那不過是機率性的問題，但只要在意料之外的地方，就會成為一種特別。」

紹吾轉身將視線放在我的身上，露出淡淡的笑容，他的聲音有點低沉但很輕，像是不仔細聽就會飄散一樣，卻相當清晰的傳遞過來。

「當有一個人在自己的心中成為越來越特別的存在之後，」他說，「那個人就只能是那個人了。」

所以小翰。就只能是小翰了。

我斂下眼看見的是不知道什麼時候沾上灰色的帆布鞋，沒有風空氣像是下沉一樣籠罩在四周的空間，紹吾在長椅上坐下。

「感覺妳這陣子心情真的不太好，難道真的是失戀？」

「如果能夠失戀說不定還比較幸福一點。」他的表情太過認真，我隱微的別開眼，紹吾總有一種能夠理解我的能力但同時卻又彷彿能夠看穿我，「又沒有對象可以讓我失戀。」

「妳要一直站著嗎？」

「嗯？」

「椅子很大妳可以坐下來。」於是我在他的右邊坐下，「很清楚吧，每一個經過的人都可以看見。所以如果妳想見某個人，不要傻傻站在路上，坐在椅子上不是輕鬆很多嗎？」

「我沒有想要見誰⋯⋯」

「我只是比喻，再怎麼樣都得先好好照顧自己。」他半開玩笑的看著我，「我啊，都會先做好受傷的心理準備，然後準備好醫藥箱，這樣才敢往前一點。」

「所以你等的那個人一直在傷害你嗎？」

「她什麼事都沒對我做啊。連看我也沒有。但這樣反而傷得更重。」紹吾扯開笑容，「不過既然是在意料之中，所以早就做好心理準備了。好像快要下雨了，先回去吧，到時候淋濕說不定妳又會被送進醫院。」

「其實我身體很好的。」

「就算是健康寶寶也不應該淋雨。」

一邊說著我和紹吾還是緩慢的走著，雖然除了他和我之外生活裡沒有人會將我和他圈劃在一起，或許也因為如此才顯得安心，和紹吾之間的友情就單純只包含了我和他而沒有其他。

「我……」

我的聲音被站在前方的身影截斷，呼吸、呼吸的時候胸口有點滯悶，他就站在門口冷淡地看著我，只是一種巧合，然而每一個巧合都會成為我心中無論如何都要保存的記憶。

「如果需要解釋的話，立刻說清楚會比較好。」

「沒什麼要解釋的……」

對於小翰而言，我的世界沒有任何一件事物是需要對他說明的，雖然無論如何都不想被小翰誤解，然而卻一個字都說不出口。

「是嗎？」在我意料之外紹吾牽起我的手，「走吧。」

一步一步往前走去，和小翰的距離逐漸縮減，然而這樣的趨近卻是為了遠離，盯望著小翰的臉卻沒有一絲波動，我感覺到紹吾掌心的溫度但鼻肩嗅聞到的卻是小翰的氣味。

終於我們擦身而過。

回頭卻只看見小翰的背影。然後走進屋裡。

我的胸口越來越滯悶，小翰的殘影還留在我的腦海裡，像是定格的畫面但逐漸褪色扭曲，然而即使極度失真也還是能夠清楚的辨別。因為被抽離的並不是對於小翰的感情，而是曾經以為小翰體內還留有的那一點在乎。

所以還留在我身邊的小翰，雙眼之中的冷淡就真的只剩下冷淡了。

紹吾輕輕放開我的手，「是那天在教室外面妳看的人吧。」

「嗯？」

我抬頭望向他然而他的目光卻落在遠方的某一點。紹吾的側臉讓我感到有些陌生，但我突然想起從來我就沒有認真的注視過他。除了小翰之外，從來我就沒有仔細的觀看過哪一個人。

「雖然不知道這樣做對不對，但是看見妳看他的表情就有點難過。」他對我揚起微笑，「有點心疼啊，這麼可愛的女孩子實在沒辦法放著不管，一開始看見妳逞強硬要殺牛蛙的時候就這麼覺得了。」

「我……」

「再怎麼說，我也是很愛護小動物的。」

「我才不是小動物。」

「我是說牛蛙。被妳殺的那隻牛蛙實在太淒慘了，所以為了保護其他牛蛙，所以我才捨身當妳的朋友。楚宥涵。」

「嗯？」

「既然我都已經捨身當妳的朋友了，所以需要人陪的時候，這裡還有我。」

這裡還有我。

04

雖然寂寞雖然不想一個人但並不是隨便誰都好，有些時候就算空虛在胸口無限制的膨脹，卻在哪個人說著我來陪妳吧的話語之中感到巨大的推阻，因為不是自己需要的人所以只會讓寂寞越來越明顯。

「為什麼只有星星沒有月亮呢？」

「如果有月亮妳就不會覺得星星那麼漂亮了。」

「所以月亮是因為知道才不出來的嗎？」

「不知道。」我看著小翰的側臉，他專心的凝望著星空，「如果因為沒有了月亮而讓天空變得更美，知道這件事情之後的月亮可能真的就會躲起來了吧。」

「可是小翰，我可以知道月亮就是那個月亮，但是我分不出來星星到底是哪一顆耶。」

「嗯，總是有些人可以分辨出來的。」

但是小翰，從那之後我卻在那片沒有月亮的記憶中拚命的尋找著月亮的痕跡。

無論星空多美我所想望的只有那抹月光。

□

小翰站在我的面前。

這裡不是醫院今天也不是星期三。

「都上了那麼久的課今天才發現原來學姊跟我同班，剛剛看到的時候真的嚇一跳耶。」

「是啊，因為人太多了。」

聽著小悠和坐在小翰旁邊的學姊熱絡的談話，這種和樂的畫面放進了我跟小翰似乎有些突兀，小翰另外一邊是戴著眼鏡的學長，而我的身邊是小悠和亦誠。

是社團的學姊。小悠是這麼介紹的。我並不是第一次見到她，時常會在小翰的身邊看見她的身影，太過耀眼的女孩。

「妳還好嗎?臉色好像有點蒼白。」

「嗯?」因為學姊的話讓所有人的焦點聚集在我的身上，小翰別開了眼，我盡可能以輕快的音調和適當的微笑，「一直都這樣，大概是天生的吧。」

「是嗎?」

我點了點頭銜接的卻是小翰的聲音，「我還有點事，不好意思先走了。」

「暐翰……」學姊很快的轉向小悠，「抱歉下次一起吃飯吧，我也先走了。」

看著學姊追上小翰的背影，兩個人並肩而走的模樣，雖然另一邊還有眼鏡學長但我的視野卻只能容納兩個人的畫面。雖然很早就有了心理準備但有些事情就算明白也無法被接受的。

「兩個人真的很配耶，對吧?」

我的視線突然有些模糊，兩個人的背影漸行漸遠像是用橡皮擦慢慢擦拭掉一樣，我想起很久很久以前我曾經在小翰的筆記本上畫上愛情傘，用著歪斜的字描出自己和小翰的名字。

……妳知道這是什麼意思嗎？

……同學說只要這樣把兩個人的名字寫上去，我跟小翰就永遠不會分開了。

……以後妳就會想把我的名字改成其他人的名字了。

……為什麼？那小翰會不會把我的名字擦掉？

那本筆記本連帶那些心思大概已經被燃燒或者分解，在愛情傘下的名字其實從來就沒有一起站在愛情的圓圈之中，在我明白愛情傘的意義之前我就先發現自己的一隻腳已經陷進屬於小翰的愛情之中。

「小悠抱歉，我身體有點不舒服想先回去，可能沒有辦法跟你們去圖書館了。」

「我送妳回去。」

因為太過突然亦誠拉住我的手，抬頭看見他擔心的表情讓我覺得更加煩躁，身體不舒服只是藉口難道你們看不出來嗎？是因為沒辦法待在這裡但為什麼沒有人明白呢？

「不用了，謝謝。」輕輕拂開他的手我緩慢地轉身離開。

我斂下眼我想真正感到難過的並不是必須張望小翰離去的背影，而是誰都能夠追上他但我不行。

□

「小說裡有一類型的人會慣性把自己越搞越可憐。」

「嗯？」抬頭我看見的是紹吾。

「每個角色都修同一門課會讓作者寫起來輕鬆很多，像我們這種配角就會被安排成看不過去不得不走出來。」

我的眼淚在下一個眨眼不小心就滑落，明明從來就不在任何人面前掉淚，卻因為紹吾理解的微笑瞬間崩盤。

「這樣路人會覺得我欺負妳耶。」

「那你幹嘛欺負我？」

「因為要哭不哭的樣子很討厭，所以要欺負妳讓妳乾脆一點的哭出來。」

「我才沒有要哭不哭。」

「沒想到意外地很不坦白吶。」紹吾露出真是沒辦法的表情，輕輕扯開笑容，「雖然很心疼但哭出來的樣子可愛多了。」

「變態。」

「那變態的面紙妳用不用？」接過紹吾遞過來的面紙，還留有隱約的他的溫度，「用了變態的面紙，代價就是要笑一個給變態看。」

混著淚水我笑了出來，「謝謝你。」

「謝什麼？謝謝我欺負妳嗎？」

「才沒那麼自虐。」

「是嗎？」紹吾用著意味深長的目光盯望著我，「那就不要逼自己注視著他。」

凝望著紹吾好不容易擦乾的淚水又掉了下來，順著雙頰安靜的滴落，一滴一滴並不是消失而是融進空氣之中成為另一種遺憾；他伸出手沒有碰觸我卻承接起我的淚水，用著太過認真的神情。

「每一滴眼淚都包含著妳的感情，所以不要輕易在其他人面前掉下眼淚。」他的聲音彷彿來自很遙遠的某處，「一旦讓人感覺太心疼就會很容易愛上妳。」

「我……」

「這是身為朋友給妳的忠告，我可不想在當妳朋友的業務裡還追加一項驅趕追求者。」

「當我的朋友這麼可憐嗎？」

「有一點。哭完就快點把眼淚擦乾，大概已經有一百個路人把我當作欺負妳的壞人了，為了我好就不要再增加別人對我的壞印象了。」

「我會跟大家說你是好人。」

「只要妳知道我人很好就可以了，不必大肆宣揚。」

終於把臉上的淚水都擦乾，我深深的吸了一口氣，扯開微笑將面紙遞還給紹吾，

「還剩一張。」

「真不知道該說什麼，把只剩下一張的面紙還人真讓人想生氣……」紹吾的話語停在半空中，順著他的目光我側過身，看見的是小悠和亦誠趨近的身影，「這個作者還真是壞心，硬是要把關係搞得亂七八糟。」

「嗯？」

「把所有事情都想成是故事的一部分就什麼都能接受了，對吧。」

「宥涵……」

出聲的是小悠但接續的卻是亦誠，「還是有點擔心所以就一起過來找妳了，怎麼了嗎？妳好像哭過。」

「沒有，大概是上次感冒還沒完全好。」

「我跟小悠還是一起送妳回去好了，」亦誠看了站在我身邊的紹吾一眼，「他是？」

「沈紹吾。我們的同班同學。」

「啊、我聽過這個名字但今天還是第一次見到耶，哈囉我是小悠。」小悠的笑容旋即轉為疑惑，「可是沒聽妳說過啊。」

「只是碰巧遇到而已。」紹吾給了我一個安撫的微笑，「因為我跟楚宥涵曾經在實驗課上同組，所以看見打個招呼。」

「是喔，還以為發現了宥涵的秘密說。」

「你們不是要去圖書館嗎？」

「對啊，但是亦誠一直想說妳會不會半路昏倒之類的，所以最後就跑來找妳啦。」接著小悠轉向亦誠，「就說你想太多了吧。」

「嗯。」亦誠的視線並沒有從紹吾的身上移開，「既然都已經到這裡了，那就直接送妳回家吧。」

不要。雖然想這麼堅定的說但拒絕只會引來更多的問號。

雖然寂寞雖然不想一個人但並不是隨便誰都好，有些時候就算空虛在胸口無限制的膨脹，卻在哪個人說著我來陪妳吧的話語之中感到巨大的推阻，因為不是自己需要的人所以只會讓寂寞越來越明顯。

越來越劇烈。

「既然這樣，我送她回去吧。」所有人的目光聚集在紹吾的笑容上，「你們應該不會不放心我送吧，如果她昏倒把她扛起來我是沒問題的。」

「不是要查資料嗎？那就讓紹吾陪我回去吧。」

「可是……」亦誠想說些什麼最後還是讓所有字句再度吞嚥而下。

其實我是明白的，那種想攔阻卻沒有理由也沒有資格攔阻的心情，然而正因為如此才會對於他的趨近感到煩躁。那裡的位置並不是你的。

想對亦誠這麼說的同時卻又害怕下一秒聽見小翰的聲音。
「宥涵都這麼說有什麼好不放心的，你的報告不是還沒寫嗎？」
「那我們先走了。」

□

「對不起，又麻煩你一次。」
「當妳的朋友業務還真是多。」
「對不起……」我看著自己交互拉握的雙手，「還有，我不是故意要裝作跟你不熟，只是、不知道為什麼就是不希望讓其他人知道。」
「我知道。」紹吾以輕快的音調說著，「被妳知道我人很好就已經夠累了，要是讓其他人知道我的業務就做不完了。」
「謝謝你。」
「那就讓自己開心一點，減少一點我的業務，嗯？」
「嗯。我好久沒有感覺這麼輕鬆了。」望向前方閃動的人群，雖然說是要回家但卻更像踏在前往某個不知名某處的途中，「為什麼要讓班上的人都不認識你啊？不知道為什麼就感覺你是故意的。」

「妳怎麼在該敏銳的地方遲鈍，該遲鈍的地方敏銳呢？」

「不想說也沒關係啊。我只是有點好奇而已。」

「有一天我會告訴妳吧。」

「嗯。」我說，「其實我可以自己回去，我沒有身體不舒服。」

「我知道。」我停下腳步，距離一個跨步那麼遠紹吾也停下腳步側過身揚起若有似無的笑容，「但是妳受傷了。」

……但是妳受傷了。

小翰也說過一樣的話，我一直以為他指的是我左手腕那道傷痕。我一直這樣以為。

「紹吾。」

「嗯？」

「這個世界上真的有一個人可以看見自己嗎？」

□

一個星期過了之後是另一個星期，每個星期裡永遠只有一個星期三。沒有第二個也不可能沒有。

小翰總是坐在固定的位置，一個人的時候我時常盯望著那個空位彷彿小翰就坐在那邊，偶爾需要花上一段時間來確定小翰是真的坐在我面前，在這間屋子裡有著混亂的時空和拉扯的思緒。

「小翰，我可以坐你旁邊嗎？」

小翰把視線移到我的臉上，凝滯而安靜地望著我，從來我就沒有問過他這個問題，不管是在那天之前或者之後，總是賴在小翰身邊的我在某一個瞬間突然成為只能站在一段距離之外的我，之間沒有存在過渡或者灰色地帶，就像愛你和不愛你並不是向度問題，而是兩個世界。

「……可以嗎？」

或許小翰記得又或許不是，今天是我從徐宥涵成為楚宥涵的日子。

左手腕上的傷口已經癒合變成幾不可見的疤痕，然而真正的裂口卻從來沒有癒合，一點一點緩慢而確實的撕裂，然而並非如期盼中成為寂寞湧出的通道，而是讓屬於小翰的氣味更加劇烈的竄進。

一種決定性的改變。

那道傷口是全然不可逆的存在。瞬間。

「不會有下次了喔，不管是這種要求或是在手腕上劃下傷口，都不會再有下次了……我真的不是故意的，但越是這樣說就越像是辯解，因為真正想說的是絕對不能說出來的事情，所以被討厭也沒關係因為小翰還在這裡……我知道這樣下去會讓小翰越來越困擾的，所以……」

「我沒有說過妳不能過來。」

正是因為小翰什麼也沒有說過。不管是怒罵或者安慰一句也沒有，就這樣成為了眼前這個冷淡的小翰，沒有理由沒有線索所以沒有辦法靠近。「請你原諒我」這種話一個字也說不出來。

我很愛你但我不能愛你。我很恨妳但我不能恨妳。在我跟小翰心中拉扯的是太過邊緣性的情感，所以兩個人都小心翼翼的站在臨界，往後一步就會脫離但往前一步就會潰解。

……小翰我可以過去嗎？

在那一秒我終究輸給自己。

站起身我一小步、一小步往小翰走去，小翰面無表情的凝望著我，像是在陌生的面容之中尋找熟悉的過去，我的淚水安靜滴落，模糊之中所看見的小翰卻太過鮮明。

如果再往前一步，兩個人之間搖晃的平衡就會應聲瓦解，與趨近的動作無關，而是冀望趨近的心思只要跨過邊界就會太過張揚。

還可以後退。只要現在後退逃回房間就可以假裝一切都沒變。只要。

跨過去之後就算只有一秒鐘但我就不是一個人了。

小翰在那裡。

「媽媽曾經說過，學會放棄之後才算是真正長大，所以為了快點長大我什麼都能夠放棄，甚至連自己也一點一點的捨棄，因為只要快點長大就能夠一個人面對所有的事情了吧……但是，媽媽沒有告訴我，當人的心中存在一件無論如何都不願意放棄的事情的時候該怎麼辦……」我輕輕扯開微笑，淚水滑過我的唇邊，「因為沒有辦法把小翰當作哥哥所以才會這樣吧。」

小翰站起身像是要伸出手卻又沒有，隔著只要伸手就能觸碰的距離我凝望著他，在我們之間所牽絆的究竟是什麼沒有人能夠解答，我只能揣想小翰的心思但我從來就猜不透他。

小的時候兩個人時常玩著藏起東西讓對方找的遊戲，小翰總是輕而易舉的就找出我努力藏起的東西，但每次即使我花了整個下午思索翻找都找不到小翰藏起的物品。

後來我才發現，遊戲的本身並不是考驗藏匿和翻找，而是一種對於對方的揣想。

所以我，從來就沒有理解過小翰。

「妳該去睡了。」

凝望著他終於我還是跨過那一段空白，貼靠在他的胸口小翰的心跳確實地傳來，然而這麼近所嗅聞到的小翰的氣味在熟悉之中卻帶著更多的陌生；小翰沒有推開我也沒有擁抱我，就只是像靜止一般站在原地，安靜的呼吸安靜的心跳。

「我從來沒有在醒來的時候看見過小翰，從那個時候開始……我常常在想到底為什麼呢，明明小翰就應該在那裡，但那裡卻沒有小翰，到底是為什麼呢……後來我才發現，我所以為的**那裡**早就已經是不同的地方了，如果真的在張眼之後就看見小翰，說不定又會開始以為小翰打從一開始就跟我待在同一個世界裡，這樣下去，只會越來越搞不清楚而已……

「但是為什麼這麼晚才發現呢？在醫院裡見到的小翰，在這裡見到的小翰，雖然站得很遠但因為沒有別人所以就以為這裡只有我跟你……那天在學校看見你的時候，比任何時候都還要靠近，但是卻比任何人都還要遙遠，能夠發現這件事情就代表我已經長大了吧……所以，就連最後不願意放手的也不得不放手了。

「一直以來我都還是以為自己是原來的徐宥涵，只是大家誤會了所以才會叫錯名字，但是誤會的好像只有我一個人，所以從現在開始，我會好好記住我是楚宥涵這件事。」

05

在黑暗之中我感覺小翰靠在我身邊，我側過身抱住小翰的手臂，他的體溫他的味道突然很強烈的籠罩著我，很久之後我一直在想這一秒鐘是不是就是所謂的起點。

不知道。

那天紹吾是這麼回答我的。

沒有辦法肯定的說有，也沒有辦法堅定的說沒有，所以大家才會拚命的找尋，因為不知道那裡有沒有啊，所以沒有辦法輕易放棄卻也看不到終點；沒有人說「如果找了一百天還是找不到就是沒有」這種話，就算自己決定沒有但看著還在尋找的人就會感覺自己懦弱。

為什麼自己要放棄呢？如果真的在哪個地方呢？

「大概就是在考驗人性跟忍耐力吧。」

「就算得到結果又有什麼意義呢？」

坐在公園的長椅上雖然這裡離小翰很近但我想他不會走進這裡，然而我卻盼望一個永遠不會走近的人就算經過一秒鐘也好，那一個跨步的記憶就能成為一種永遠。

所以我閉上眼雖然這裡能夠清楚看見但疼痛卻會因而加劇。

「一個人在這裡發呆嗎？」

睜開眼我看見的是逐漸走近的紹吾，帶著一點笑還有一點意味深長，彷彿要阻隔我的視線一般站在我的正前方，任何畫面都強硬的被擋在他的背後。無論那裡有什麼。

「不知道為什麼突然很想來這裡。」

紹吾在我身邊坐下，「難怪我今天一直有一種非得要來這裡的感覺。」

「我越來越分不清楚你說的話哪些是真的，哪些是假的。」

「問我啊。」他露出太過真心的微笑，「只要妳問的話，我一定會誠實的告訴妳。」

「但是很多時候就算知道這樣，也會害怕答案不是自己要的，所以根本沒辦法開口。」

「不敢開口雖然是為了保護自己，但另一方面也在傷害自己。」

「紹吾，如果想要放棄的時候，該怎麼做才好呢？」

「妳想放棄什麼呢？」

我的視線停駐在左手腕那道掩蓋在手環之下的痕跡，我想放棄的不僅僅是小輸，還有始終盼望的那部分自己。

如果不放棄的話就永遠走不過去了。

「我愛的人。」用著緩慢但清晰的字句，「一個我不得不放棄的人——想在你面前隱瞞也沒有用吧。」

我吐了一口長長的氣，感覺整個肺部像是被掏空一樣，我的身軀正是瀰漫著這樣的空蕩，想要、太過深切地想要用力呼吸來填補胸口的位置。

「總感覺你比我想像的還要敏感一百倍。小翰……我一直都是這樣叫他的，雖然總是以改不過來作為藉口，但是我想是為了保留住些什麼而進行的徒勞無功的努力。」

我輕輕嘆了口氣，望向前方不知名的點最後落在白色帆布鞋上，如果看得太遠總會以為那裡存在著出口，然而不斷奔跑卻發現前方什麼也沒有，越前進越荒涼，越走越孤單。

「他曾經是我的哥哥。曾經。」

停頓了好久，但紹吾只是靜靜的聽著我說話，沒有追問沒有催促即使我再也不接續也無所謂。他只是在聽我說話。

需要出口的是我。

「那段時光真的很快樂，就算把全部都拿來交換，只要能換回那時候的五分鐘我也願意，真的……升上小學的時候，媽媽對我說『妳不是媽媽親生的女兒』，雖然媽媽堅定的告訴我她一樣很愛我，只是覺得我應該知道真相，但我卻寧可什麼也不知道。就算一切都沒變但我的世界已經徹底崩盤了，從那時候開始我再也不喊哥哥……」

「但是，說不定那才是所有痛苦的開始。我一直在想，既然能繼續喊著爸爸媽媽為什麼偏偏不能是哥哥呢？以前看過的藍色生死戀，主角是相隔很久的沒有血緣兄妹，大概是因為那份久違的親情與掛念轉化為愛情，但是我卻是絲毫沒有移開視線一直盯著小翰……」

「到底是為什麼呢……雖然想這樣問但明明知道根本找不出理由，只是在我發現之前就已經來不及了——欸，你說、該怎麼樣才能徹底的放開手呢？」

「就算曾經是哥哥也不代表必須要放棄，」紹吾的聲音比平常低沉一些又沙啞一點，輕聲的說，「你們，不像兄妹。」

「大概，連曾經是兄妹的過去都應該被抹去吧。」握住自己的雙手，指甲陷入的疼痛感讓我稍微清醒，然而清醒之後卻是另一份疼痛的開始，「被帶回現在的家之後我從來沒有回去找過他們，因為一直等著他們帶我回家所以更不敢自己回去，那時候真的很害怕，如果打開門的時候發現就算沒有我，他們一樣很快樂，說不定、爸爸媽媽跟小翰已經不要我了……就是抱著這樣的心思一天經過一天，結果等到的卻是從小翰口中說出爸爸媽媽過世的消息。」

……我爸媽出車禍過世了。

「如果那時候好好的道歉或是乾脆的大哭，我想小翰一定會像以前一樣溫柔的安慰著我，但我卻一句話也沒有說安靜的盯著小翰，雖然想伸出手但卻沒有辦法移動……爸爸媽媽的告別式我沒有出席，我沒有辦法、沒有辦法那麼近的觸摸著他們不會再回來的事實……小翰大概很恨我吧，從那個時候開始就變得很冷淡，但就算是這樣，只要小翰還在身邊我都能夠忍受……

「結果自己還是太天真了，我根本沒有辦法那麼近距離的忍耐，**只要伸手就能碰觸的距離就會不小心想要伸手**……我曾經很自私的告訴自己，伸手也沒有關係，如果小翰感到厭惡就會揮開的，不管是當作妹妹還是討厭的人我都還有努力的資格吧，雖然這樣告訴自己，但一想到他還是待在這樣的我身邊，就再也沒有辦法忍受這樣的自己……因為沒有辦法忍受所以，就只能退開了。」

風。

有一點風但胸口卻異常滯悶，吞嚥下最後一個句點我努力的呼吸。

「妳下定決心了嗎？」他一個字一個字準確的說出，「這跟應不應該或者想不想要沒有關係，我問的是，妳是不是已經下定決心了？」

「我……想要放開他。也放開自己。」

「楚宥涵，妳聽清楚，那會很痛，說不定會痛到像把整個人撕裂的程度，這樣也願意忍受嗎？」

「嗯。」

「那就看著他，一個字一個字清楚的告訴他。」我抬起頭轉向身旁的紹吾，映入視野的是他堅定的雙眼，「仔細的看著他，然後，放開手。」

□

「涵涵……」

「怎麼了嗎？」拿起手上的白色小花，炫耀式的搖晃著，「媽媽妳看這是小翰送給我的喔。」

媽媽溫柔的撥弄著我的瀏海，用一種難以言喻的哀傷和深遠凝望著我，疑惑的我看著媽媽，差一點她的眼淚就要掉下來了，不知道為什麼就有這種感覺，然而在那一個臨界之前媽媽緩慢的開口。

「涵涵的親生爸爸……」媽媽停頓好久，我想就算她下一句說出的是我的親生爸爸已經過世的消息我也不會有任何感覺，那從來就是一個名詞而不是具體的存在，「他想接妳回去。」

我緊緊的握住手中的花，咬著唇盯望著媽媽，有一股疼痛感以唇的某個點作為開端快速而劇烈的蔓延，所以呢？到底媽媽用著那麼哀傷的口吻對我說這些話是為什麼呢？

「爸爸和媽媽想了很久，雖然妳還小，但是這件事還是應該由妳自己做決定……」

為什麼要由我做出決定呢？爸爸媽媽不是應該堅決的回絕對方，不留一絲餘地的把我抱住嗎？

……媽媽不要我了嗎？

如果能夠順利的問出來就好了，但是一直到最後我都還是咬著唇不發一語，任憑媽媽小心翼翼把我圈在懷中，沉默的洗完澡，一粒一粒飯吞嚥進身體裡，然後、躺在床上感覺著時間的流逝。

「陪妳一起睡好不好？」

「……小翰。」

在黑暗之中我感覺小翰靠在我身邊，我側過身抱住小翰的手臂，他的體溫他的味道突然很強烈的籠罩著我，很久之後我一直在想這一秒鐘是不是就是所謂的起點。

那一晚我沒有睡，或許小翰也沒有，但是兩個人卻沒有任何交談，一秒鐘一秒鐘時間像是扭曲一般以不規則的速度進行，規則的呼吸卻感覺歪斜的時間感，我感覺自己的身體就這樣一寸一寸的陷入。

以前和小翰一起看過的卡通，主角被流沙吞噬之後卻看見另外一個世界，那麼被淹沒的我，睜開眼之後又會是什麼風景？

「我、跟他們回去。」

他們。就算往後順暢的喊出爸爸媽媽，他們和我也還是他們和我。我所相信的「我們」從來就不會更動。

我很想告訴爸爸和媽媽，我的年紀真的太小，真的沒辦法好好的做出決定來，我不想離開你們一點都不想，然而卻用平靜的口吻說出這種話來；媽媽我真的好害怕，如果說要留下來會聽見「為什麼不離開呢」這種話，但卻也沒有等到「不要走」的聲音。

我咬著唇連再見也沒有說。

這種時候該怎麼說再見呢？開心的說等一下我就會回來喔，像是遠足一樣，盡可能我這樣說服自己，但是這趟外出怎麼那麼漫長，太過遙遠讓一切都變得陌生。

「我不是小翰的妹妹。」

「我知道。」

我終於想起來了，那個時候隱約感覺得滯悶和疼痛就是從這個句號之後無止盡的膨脹。膨脹。

妳是我的妹妹。

小翰從來沒有說過這句話。

蹲在大樹背面閉起眼我從一數到一百，聽見腳步聲踩踏著落葉朝我走來，雖然很輕但除非屏住呼吸不動都還是會被發覺，藏匿從來就不是件簡單的事。

所以說、才會開始相信始終沒有被找到是因為這場遊戲根本沒有鬼。

睜開眼抬起頭我看見一個跨步之外的小翰。

還是被找到了啊。雖然想以輕快的音調這麼說到最後也只能沉默地凝望著他。

緩慢站起身我的目光絲毫沒有移動，雖然是熟悉的小翰卻突然感覺異常陌生，想扯開微笑卻連一點力氣也沒有，他沒有移動沒有表情也沒有聲音就只是安靜的張望。

如果小翰不要來就好了。

很多時候自己做出類似決定的動作，事實上卻不是因為自己想往那個方向走，而是等著有哪個人否決自己的決定。

但是這種時候通常故事都會順著自己決定的途徑前行，結果沒有辦法後退也不能反悔，甚至連責怪都只能迴向到自己身上，因為是自己做的決定啊；雖然想坦率一點但總是執拗的認定這些事一旦決定的人是自己之後就失卻了意義。

你愛我嗎？這種問題無論被銜接在問號之後的答案是什麼都無法得到滿足，那裡本來就不該存有問號。至少我是這麼相信的。

□

「對不起，突然找你出來。」

「有什麼事嗎？」

「如果在家裡的話，可能會因為太過習慣所以就逃避不管了。」

我盡可能不眨眼，就算失卻的只是零點零一秒的畫面都是一種斷裂，在我記憶之中的小翰事實上是不完整的，在有限的時空之中我所能拼湊的小翰是太過脆弱的畫面。

「回到以前常常和你來的地方，才發現、全部都已經不一樣了，而且已經到了不願意承認也不行的地步了……雖然想假裝自己還是個孩子，但是如果一直這樣下去你會很困擾吧，我也會越來越貪心而已。」

我伸出手拉起小翰的左手，用雙手輕輕的包覆，就像是這樣，即使面無表情但小翰並不會推拒我的動作。

靠近。試圖觸碰。牽起小翰的手。擁抱。然後。

從動作開始，接著所期盼的就會是無止盡的然後。

「因為一直注視著你所以知道你很辛苦，但是我並沒有要求姊姊不要再把我的問題都丟在你身上了，因為除了你之外誰在我身邊都一樣，對我而言差別就只有那是你或者不是……我以為自己可以的，如果只是在醫院這種特定的場合，保持著一段不可跨越的距離，都還是能夠忍受的，至少一開始我真的這麼相信……

「但是，從你踏進家裡的那一步就已經產生改變了，那時候無法分辨的差異逐漸加大之後終於看清楚了，我的忍耐力實在太過薄弱，那一天差點就沒辦法假裝了，就是在學校見到你的那一天。

「因為沒有辦法忍耐所以才在那個時候問你『我可以過去嗎』，如果你堅決的告訴我『不行』就好了，並不是要把責任推到你的身上，是我沒有辦法忍耐……從以前到現在都是這樣，最不會的事情就是忍耐了，所以就只能膽小的往後退……」

就連這一瞬間我都還在冀望小翰能夠稍微用力反握我的手，但他仍舊沒有回握也沒有抽離。

小翰並不是這樣的一個人。

要或者不要小翰都能快速的做出決定，在其他人還在猶豫的時候小翰已經到了下一個關卡了，然而這樣的小翰在我面前卻連前後左右的線索也沒有，才異常強烈的明白我的存在在小翰的心中是一種矛盾與拉扯。

看著小翰本來告訴自己不能的眼淚還是在眨眼的瞬間掉落，雖然心底深處想要把小翰牢牢抓住，結果卻必須逼迫自己把他用力推開，為什麼人總是不得不做與自己想望相悖的動作呢？是為了證明還是人總是慣於行走於邊緣之上呢？

輕輕的我踏出步伐，踩踏在落葉上的聲響卻太過清晰，貼靠在小翰的胸口我並沒有鬆開雙手。

「人就是會像這樣越來越貪心，抓住手之後就不想放開，貼近之後就希望有所接續……如果再自欺欺人一點就可以告訴自己，你沒有伸手是因為被我拉住並不是不願意……」

最後我鬆開手逼迫自己往後退開，就像回到起初一樣，隔著一段空白無法趨近的距離。

然而縱使回到原點站在中央的人也能明白，彼此之間差距並不是零度而是三百六十度的旋繞。

「我沒有把你當作我的哥哥，所以，」我深深的呼吸，「你也不用勉強自己照顧我。」

「楚宥涵，」小翰的聲音在我預期之外振動著，我以為小翰一句話也不會說，「妳到底看見什麼了？」

……我到底、看見什麼？

「這十年來妳到底見過我幾次呢？就算有些事情一眼就能判斷，但也有的事情就算反覆觀看也分辨不清，妳到底、明白了什麼？」

小翰的聲音太過冷靜也太過輕透。

比任何時刻都還要遙遠。

在漫長的沉默之後終於他轉身離開，踩踏的聲音如同半小時前他朝我走來一樣，所以最後的畫面也和起初一樣只剩下我一個人。

差一點我就分不清小翰到底有沒有來過。

我想起來還有一句話來不及對小翰說，無論如何都想好好對他說的話卻還是沒有說出口。

面對小翰的時候總是這樣，不管是我需要你或是我愛你這些話甚至只是簡單的要或者不要都沒有辦法順暢的說出口，如果得到的回答和過去一樣的話，說不定我就會開始以為什麼都沒有變了。

其實小翰一點也不恨我。

並不是沒有這樣想過，但是那又怎麼樣呢？

就算這樣也得不到小翰還是愛我的結論。

蹲下身我閉上眼睛，從一百倒數到一，三、二、一我張開眼睛。

「謝謝你。」

我說。

06

——我只是想要待在你身邊。

根本沒有這種純粹的情感，永遠都還有更多的渴望會從身軀之中湧出。然後潰堤。

沒有小翰也沒有關係。

只要反覆說一千遍就會實現了。

□

環抱著自己縮在沙發的角落，視線落在斜對面的空位上。空位。已經過了好幾個星期三但是那裡始終是空位。

姊姊回來過一次，在第一個小翰沒有出現的星期三。

或許姊姊是擔心我對於那扇門會開啟的期待落空，所以刻意銜接那突如其來的懸空，那並不是突如其來雖然想這麼說，然而在響起門把旋動聲音的瞬間，毫無遮蔽地被看穿我的期盼始終沒有斷卻。

「因為學校的事情有點多，所以沒辦法過來。」

姊姊努力的為小翰找了理由，其實不需要這樣的喔，但是這些理由試圖安慰的或許並不是我而是姊姊。

「我知道。」我輕輕扯開微笑，「我知道姊姊也很忙，我也知道姊姊會擔心但是我一個人真的沒有問題喔，前陣子的事情一定讓姊姊嚇了一大跳，可是那時候我不敢告訴姊姊，會割腕只是因為看了電影之後很好奇，沒有其他意思，一直不敢說因為怕被罵，對不起，下次不會這樣了。」

「宥涵……」

「在醫院的時候我不是一直沒有說話嗎，不是因為不想說只是不敢坦白而已，看到姊姊那麼緊張才發現自己闖禍了，但是真的不能再麻煩姊姊放下手邊的事情來看我了。」

「他知道嗎？」

「暐翰嗎？」我感覺姊姊在小翰的名字被準確的唸出來之後眼神有些閃動，「嗯，但是我說想要自己告訴姊姊，所以他大概什麼都沒有說吧。」

「真的只是因為這樣嗎？」

「嗯。真的。」我露出習以為常的愉快微笑，「還被朋友狠狠的罵了一頓呢。」

看著姊姊終於鬆了一口氣的模樣我突然有些悵然，但這本來就不是我和姊姊之間的平衡，所以姊姊明快地關起了門，也關起了所有疑問。

人所需要的並不是真相，而是能讓自己繼續前進的事實。

所謂的事實和真相並不相同，之中隱藏著非絕對性的絕對感，只要信念越堅定那句命題就越接近事實，最後就會被披上狀似真相的膜衣。

到這個階段就夠了。

再繼續探究下去只會越來越麻煩罷了。

屋子裡好安靜連呼吸聲都太過清晰，聽見自己的呼吸之後突然變成不得不認真呼吸，剛剛就算絲毫不在意也能順暢的呼吸，注意到了之後卻連認真吐納都感到有些困難。

對小翰的感情也是這樣喔。這句話怎麼樣也無法輕快，在那個瞬間像被誰按下開關一樣，啪的一聲轉換的並不只是知道與不知道，而是徹底改變了身處的世界。

不知道為什麼，也是從那一個瞬間開始我就認定自己只能夠忍耐。

發現愛情的那一秒鐘，站在畫面中央的卻是應該喊著哥哥的人，即使沒有血緣還是會被認定是兄妹的那種關係，就算小翰恨我也還是站在旁邊照顧我的那種關係，但我卻帶著愛情的目光凝望著他。

愛情。

所以就算寂寞也沒有辦法被填補，因為那裡的空缺只能鑲嵌進小翰的愛情，不是親情不是友情更不是同情，就算小翰好不容易從懷裡拿出一點親情試圖填補，但最終卻因為無法吻合而更加突顯那裡的空缺。

沒有辦法被忽視。

□

一口氣灌下手中的氣泡酒，瞬間我的胸口被疼痛感覆蓋，但也就在那一瞬間轉移了蔓延在我身軀任何一吋肌膚的刺痛。

接著我把紅色的液體混進透明的液體再摻入藍色的液體攪拌，結果到底會變成什麼顏色什麼味道我並不在乎，拿起杯子讓混合的液體確實的滑過我的喉嚨，那股灼燙感順著滑過的路徑蔓延開來，充斥在口腔中甜甜辣辣的味道最後都只剩下苦澀。

「宥涵這樣喝會醉啦。」

「會嗎？其實我酒量很好的喔。」對著小悠我揚起燦爛的笑容，「這可是秘密喔。」

「是不是發生什麼事情了？」

「喝酒臉頰會紅紅的很可愛喔，對吧。小悠的臉也紅紅的。我只是想要喝酒啊，就像是某天突然想玩水一樣，也會有想要喝酒的時候啊。」

連這種時候都需要藉口真是讓人感到悲哀，但是在屬於楚宥涵的世界裡不應該有小翰的身影。

「至少，喝慢一點吧。」

亦誠試圖拿走我手上的玻璃杯，卻在接觸他的溫度的同時我感到一股煩躁，不可以踩線想這樣跟他說卻又不想把遮蔽物通通掀開。

其實亦誠是個很好的人喔，只是太過貪心又太不會隱藏，沒有辦法好好拿捏適當的位置所以時常讓人感到壓迫，就算是笑容的弧度也帶有忘記掩飾的感情，因為不是自己想要的所以感到煩躁，但卻又因為他是在我生活中唯一可見並且接近的異性，所以在他心中自以為的位置也漸漸的膨脹。

好像那裡就是他的位置了。

但事實上不是啊，很想這麼說但因為底牌沒有掀開所以還要繼續假裝沒有看見。何況還有小悠的感情覆蓋在上面。

這種混著友情愛情亂七八糟的感情我一點都不想管，但偏偏自己是站在正中央的角色。

「我已經長大了啊，所以不必擔心我。」

靠在小悠肩膀上其實我並不喜歡這樣相互依靠的感覺，但至少亦誠不會在離小悠那麼近的距離還試圖靠近，每個人都是帶有目的性趨近另外一個人，即使說著只因為愛你這種話也是為了滿足自己心中的空缺。

我只是想要待在你身邊。

根本沒有這種純粹的情感，永遠都還有更多的渴望會從身軀之中湧出。然後潰堤。

「妳要不要喝點水？」

我搖了搖頭移開靠在小悠肩上的頭，把整個人的重量倚靠在一旁冰涼的柱子上，然後開心的笑了出來，「跟你們說喔，我失戀了。」

「失戀？」小悠的聲音顯得有些尖銳，「妳沒有說過妳有喜歡的人啊。」

為什麼有那麼多人都自以為他們應該要知道另一個人的所有隱私呢？

你們到底又是我的誰呢？

「因為是秘密啊。」

「是我們認識的人嗎？」

真是奇怪呢，明明一臉很擔心的樣子，可是考慮的卻不是我的心情而是想探究對方究竟是誰，就算清清楚楚的說出小翰的名字那又能改變什麼嗎？

到底能改變些什麼呢？

「秘密。」

我站起身感覺有些搖晃，帶著這樣的晃動感一步一步往後退，遊走在跌落的邊緣其實一直都是這樣，說不定我正努力的讓自己失衡藉此探知會不會有一個人接住我。

「宥涵……」

「楚宥涵。」

在失去平衡的瞬間我被另一個人用力的抓住，手臂有些疼痛卻有某種類似救贖的感受滋生，湧生的並不是終於得救的慶幸而是，那裡真的有人。

但那是不是你？

「妳喝酒了？」

轉過身我靠在他的肩上，「糟糕，怎麼總是被你看見？」

他的手依然支撐著我，抬起頭我看見的是他的下巴還有一部分的側臉，站在另一端的小悠和亦誠的眼中大概是親暱無比的畫面吧，我輕輕的笑出聲來，伸手抱住他。

「跟你說，今天是成年禮。」

「我送妳回去。」

「回去哪裡？」周圍好吵我聽不見他的心跳，但有微微的振動傳來，「我不要回家。」

他不再接話直接將我抱起，生氣了嗎？小翰生氣的時候不會罵我也不會不理我，一切和日常沒有兩樣卻能準確無誤的透露他在生氣，但是我已經好久沒有辦法清楚的分辨小翰的感情了，所以才會總是對自己生氣也說不定。

「是公主抱耶，可是都沒有人說抱公主的人是不是就是王子……不理人的是小氣鬼喔，我又沒有喝醉人家好不容易才長大，我把自己也丟掉了喔，全部都丟掉了所以什麼都沒有了……」

「妳還有我。」

……我還有你？

抬起頭我看不清楚他的表情，但是眼淚卻開始積聚，一滴一滴無聲的滑落，沾濕我的雙頰和他的衣襟。

為什麼能夠這麼輕鬆的說出這句話呢？

「宥涵……」大概是小悠的聲音，但是我一句話也不想回應。

我不想、讓他們看見我的淚水。

「我帶她回去。」

「沈紹吾。」亦誠的聲音在四個人之間顯得太過大聲，並不是為了被聽見而是含藏更多的什麼，「我會照顧她。」

我。會照顧她。

不是和夾帶著小悠的「我們」而是毫無掩飾的，我。

「任憑她在你面前喝成這樣，你要我相信你能照顧她？」

「我……」

「再怎麼樣也不能隨便讓你帶走宥涵吧。」填補亦誠話語的無言是小悠的聲音，「更何況她喝醉了。」

「剛才你們看見的還不夠嗎？」

□

醒來的時候頭好痛。

鵝黃色的牆壁藍色棉被還有白色的背影。

「八成是第一次喝酒吧。」

接過紹吾遞過來的開水一口一口喝下，方才的畫面也一點一點回復，「這裡是你家嗎？」

「因為妳堅持不要回家，所以只好先把妳帶回我的住處。」

「對不起。」

「比起對不起，說謝謝聽起來讓人比較開心。」

「謝謝。」

「還真是一個讓人放不下心的人，繼續這樣下去我大概就沒辦法抽身了。」

紹吾給了我一個淡淡的笑容，接過手中的玻璃杯短暫碰觸的瞬間彷彿有些什麼停頓但又旋即消失無蹤，房間裡因為玻璃杯放置在桌面所引起的撞擊聲顯得更加安靜，並不是壓迫的滯悶只是恰巧兩個人都沒有話想說。

我並不是一個擅長說話的人，就算能夠說出一大串的話也只是以不流暢的方式盡可能表達自己的感受，我沒有辦法純粹填補話尾之後的空白，就連附和有時都顯得不真心。

能夠有安靜的沉默事實上是很值得珍惜的事情，大多時候彼此間的沉默只會讓人更加清晰的聽見身軀之中的鼓譟，撞擊一般從緩慢的振動開始，如果不設法找些什麼話題來打破沉默說不定會被身體裡莫名其妙的聲音統治。

所以我們開始說話。

漸漸的失卻了分辨哪些話是真正想表達而哪些話只是為了填補而被唸出的能力。

我們總是設法忽略體內鼓譟的聲響，無論是拚命的說話或是亂七八糟的把酒精灌進身體都只是為了消弭那些聲音，但是、不斷不斷的壓制身軀之中的聲音結果就是在某一個瞬間措手不及的爆裂。

明明知道危險卻因為沒辦法承受所以一步一步把自己推向爆裂的邊緣。

「我好難過。」

「我知道。」

坐在床沿的紹吾以一種極為安靜的方式回應，沒有安慰沒有同情純粹是理解。我知道。任何多餘的什麼都沒有，就只是字面上的意義。

「我一直在想，其實我跟小翰之間並不存在所謂開始或是結束的關係，無論如何他都站在那裡，只是形式上的不同而已……我所能做的，也只是利用各種形式讓自己退到伸手也碰不到他的距離，我所生活的世界之中本來就沒有他，而有他的那個世界永遠都無法被消滅……」

「既然沒有開始也沒有結束，那就看著能夠抓住的現在不是比較輕鬆嗎？一直回頭看著過去，或是不停張望未來，都只是不斷的讓現在流逝罷了。」他說，「只要仔細的看著妳所能看見的，那就夠了。」

「那你現在看見的是什麼呢？」

「妳。」

「什麼？」

「我面前就只有妳，當然只能看見妳啊。」

「我真的越來越分不清楚，你說的是真話還是開玩笑。」

「我只是陳述事實。」紹吾站起身，給了我一個淡淡的微笑，「再休息一下吧，晚一點我送妳回去。」

□

走了一段路之後我才發現，從紹吾的住處到家裡的路徑從某一點就會完全和小翰行走的路徑相互疊合，說不定會在前方遇見小翰，不知不覺就抱持著這樣的心思。因此步伐踩踏的速度也越來越慢。

「好多了嗎？」

「嗯。」

「可能還是會有些頭痛，今天還是早點睡比較好，如果不舒服的話可以打電話給我。」

「嗯。謝謝你。」望向他削瘦的側臉總感覺線條有些冷硬，雖然偶爾會給人有些冷漠的感覺但卻有雙很溫柔的眼睛，「第一次看見你的時候，還以為這個人很難相處。沒想到是這麼溫柔的人。」

「這算是誇獎嗎？」

「嗯。」我認真的點頭，「仔細看的話就會發現，你的眼睛很溫柔。」

「除了溫柔之外妳還有看見什麼嗎？」

停下腳步我仔細的注視著他的雙眼，深黑的雙眼泛著隱約的光，讓人感到安心的凝望，除此之外我只看見自己的倒映。

「我。」我扯開微笑，「沒辦法因為剛好站在你的面前。」

「剛好。」

「嗯？」

「沒什麼。」他移開了視線又繼續前行，紹吾總是保持著一段適當的距離，幾乎就要擦過手臂但從來沒有，「有些玩笑一不小心就會正中紅心。我的意思是，妳沒什麼開玩笑的才能。」

「那我有什麼才能？」

「嗯……找麻煩的才能吧。」

「真是壞心。」

好不容易順暢的走過小翰家門口，差一點我就要停下腳步但紹吾的聲音精準無誤的在我目光即將膠著那瞬間落下。

「楚宥涵，妳還記得我提過的，在我心裡的那個女孩嗎？」

「你希望朝你走過來的那個人？」

「是啊。老實說我也有點難過呢。」

「難過？怎麼了嗎？」

「雖然比以前能以更近的距離看著她，但是靠得越近越能看見她雙眼裡的哀傷，即使倒映的是我但她看見的卻是另一個人。」或許是錯覺但突然我感覺紹吾的雙眼隱約透著一些疼痛，「就算只有零點一秒也好，我也希望有一瞬間，她看見的是我。」

明明沒有聲音卻感覺紹吾的句子正在無限延伸，雖然用著明快的語調嘴角也帶著微笑，卻因此更讓人感到哀傷，輕輕淡淡卻能將整個人包覆。

想說些什麼卻又找不出適切的話語。

「妳覺得她會在某個眨眼裡不小心看見我嗎？」

「會。」雖然知道這樣的回答相當不負責任但這的確是我的私心，如果看見紹吾的話，一定會被觸動的，我是認真的。「如果她一直沒有看見你的話，那就把她抓到你的面前，用力搖晃好了。」

紹吾看了我一眼帶著真是沒辦法的意味笑了出來，「看來我在妳心裡的形象真的不太好吶。」

「我可是很支持你那麼做耶。」

「楚宥涵，妳會記得今天說過的話吧？」

「我記憶力很好喔。」我開心的笑了，心中那股空蕩蕩的位置稍微有被傾倒些什麼的感受。

「雖然哭起來很可愛，但還是笑著比較好。」

「嗯？」

「至少路人就不會以為我欺負妳了。」

「真是愛記恨，不過……」

「不過什麼？」

「謝謝你。」

07

我很愛你所以你也應該愛我，明明就知道是很荒謬的一句話，卻能在明白它的荒謬的同時堅定相信著。

「妳跟沈紹吾到底是什麼關係啊？」

小悠拉著我的手以親暱的姿態試圖探問，稍微感到舒緩的頭痛又開始隱隱發作，即使已經確實休息一整晚，身軀之中的煩躁還是能被輕易的勾起。

出門前接到亦誠打來的電話，昨天晚上想打卻又希望妳好好休息，以此為開場白並不是一種體諒而是試圖將他的感情加諸到對方身上，藉此阻卻任何可能的拒絕。只要這樣說的話就不會被掛電話了，大概是這樣想的吧。

言不及義的說了很多話，雖然很清楚他的問題從頭到尾只有一個，然而只要他不開口我就沒有回應的必要。

「欸，都已經這樣了還不說就太不夠朋友了，不然我們來交換秘密好了。」

我不要。

我一點也不想知道妳所謂的秘密。

「就只是朋友而已。」

「真的嗎？」小悠已經有了預設答案，任何無法吻合的答案都是一種遮掩，「昨天明明妳就靠在他身上。」

「我喝醉了不是嗎？」我斂下眼盡可能掩飾自己眼底的不耐，我的忍耐力在離開小翰之後似乎也一併被消弭了，「再說，大多數的時間不是都跟你們在一起嗎？」

「好吧，暫時相信妳。」突然她牽起我的手，「那我告訴妳一個秘密。」

背負自己的秘密已經太過沉重，為什麼還要不由分說的把妳的秘密強加在我身上呢？

「其實我……我喜歡亦誠。」

我知道。亦誠也知道。小悠也知道我和他都知道。她所做的只是為了打破目前的平衡。

因為我的身邊已經出現另一個人。

小悠終於能夠確認我不會把雙手伸向亦誠。

「嗯。」

「妳覺得，我應該告訴他嗎？」

我不懂。妳現在正在做的一切不就是為了掀開所有遮掩，讓亦誠不得不正視妳的感情嗎？

在我這裡獲得肯定的答案之後，接著以「宥涵也認為我該告訴你」作為一種武器，斷卻亦誠對我的心思也趁機將她的愛情傳遞出去，因為是近距離長久的觀看，所以勢必做好了即使暫時作為一種安慰也無所謂的決心。

但是，安慰性的擁抱無論如何都不是愛情。

「我不知道。」輕輕抽離被小悠握住的雙手，「對這種事情我最沒有辦法了。」

□

所以說，大概是在考驗我僅存的忍耐力吧。

吞嚥下帶有檸檬味道的透明液體，雖然是開水但隱約傳來的香氣卻讓人一時間忘了那其實只是一種氣味。

小翰坐在我的正前方。

對於這樣的敘述我感到有些納悶又有些不真實，被放置在餐桌上沉默著的兩個人，卻因為身旁人們交互的話語掩蓋了那種沉默。

我跟小翰的安靜自然而然被接受了，然而無法接受的卻是沉默著的彼此。

小翰以無法逃躲的目光直視著我，從這一點開始眼前的他逐漸和記憶中的小翰錯開，微妙的差距讓輪廓帶有些許模糊但小翰依然是小翰。

我想移開雙眼但卻無法抵抗心中那股想凝望他的殷切。

「學長都不太說話的嗎?雖然很酷但如果沒有學姊在身邊會不敢跟學長說話耶。」

「暐翰人很好的，不過是真的有點安靜。」學姊以「小翰是我的喔」的姿態愉悅的回應小悠，接著像是要更加強化小翰在她身邊一樣轉向他，「說點話嘛，小悠是我高中學妹不會對你亂來的。」

小翰是我的喔。

曾經我也說過這樣的話，然而那彷彿是一種遙遠的想像，畫面裡的小翰與我帶著親暱的微笑依靠著彼此，但是不斷眨幾次眼我所看見的他仍然帶著冷淡的神情與淺淺的弧度。

「菜再不吃會涼掉。」

「學長真的很酷耶，有涵對吧?」

「嗯。」

「宥涵也很安靜呢，這樣我跟小悠兩個人一直說話好像很吵一樣，你們兩個人也多說說話嘛。」

小翰安靜的盯望著我，擺放在桌下的我的雙手用力的交互抓握，我已經決定要放棄了啊，所以連這樣的目光都不應該擁有；我斂下眼輕輕的低下頭，深深的、深深的呼吸。

在沉默即將成為凝滯的臨界之前，服務生端來的甜點轉移了小悠和學姊的注意力，我看著巧克力蛋糕上的鮮紅色草莓，不是櫻桃不是覆盆子而是草莓。

類似的顏色相同的位置在那裡的卻是自己最難承受的結果。

「……暐翰？」

在眨眼的動作裡我所看見的是鮮豔的紅色突然被帶走，抬頭看見的是小翰的目光與咬下草莓的動作。

一直以來討厭的東西都是小翰幫我吃掉的，看著他確實的吞嚥隔了一陣子我才想起來，並不是一直以來，之中存在著十年的斷層，那十年裡我努力的吞嚥著鮮豔的草莓以及所有的討厭的食物，藉以提醒自己小翰已經不是我的小翰。

然而在他的這個動作之中，那十年的痛苦像是一點也沒有用處一樣立刻被銜接。就像是一直以來都這樣。

「我想吃草莓。」

「那、我這裡也有，也給你好嗎？」

「不用了。」

「宥涵……和暐翰認識嗎？」

我咬著唇盯望著小翰，到底為什麼要這樣做，好不容易才下定決心要放開小翰，我越來越不明白在他冷淡的表情下所含藏的心思。

……妳到底看見什麼了？

一直到現在我還是不能理解小翰的那句話。

「不認識。」我說。

□

「小翰是我的喔，所以如果有人想搶走小翰的話，我一定會拉住小翰的。」

「妳力氣那麼小一下子就被拖走了。」

「那就跟小翰一起被帶走好了，反正這樣我們還是在一起。」

「又不是綁架。如果真的是綁架的話，一起被帶走這樣誰來救我？」

「那要怎麼辦才好呢？」

「有一天妳會想到辦法的。」

「什麼辦法嘛？」

「老是耍賴要答案，這樣會變成習慣的。不過，這次就先告訴妳。」

「是什麼辦法啊？」

「如果不想走的話，就算用力搶我也還是會在妳身邊，所以妳要乖乖聽話，這樣我就會一直待在妳身邊了。」

□

「宥涵……妳真的不認識暐翰嗎？」學姊帶著笑容卻一點笑意也沒有，「我沒有別的意思，只是有點在意，因為我第一次看見暐翰那個樣子。」

「學姊可以去問他。」

學姊斂下笑容，將視線轉往小翰的方向。「我做了很多努力才能像這樣站在他的身邊，妳也是女孩子妳會懂吧，根本沒有辦法安於只是這樣的位置，所以，我會相信妳跟暐翰真的不認識。」

「人是沒有辦法靠努力去改變另一個人的感情的。」

「妳是什麼意思？」

「我沒有特別的意思。」我說，「我只是不懂，為什麼人總是想依靠努力去改變對方的感情，還能理直氣壯的告訴自己，我已經很努力了但就是沒辦法改變自己的心意。怎麼想都很自私吧。」

「人本來就是自私的，更何況是愛情。我的努力讓我走到這裡，所以我也相信努力能讓他愛上我。」

「我還有點事，不好意思。」

在我轉身的那個動作學姊卻拉住我的手，「妳跟暐翰究竟是什麼關係？」

「我和他，沒有關係。」

□

「你一直站在這裡嗎？」

「因為想送妳回去。」

「你沒有必要特地跑一趟。」

「我只是想知道妳跟沈紹吾到底是什麼關係？」

「只是朋友。」

「但是你們看起來很親密，我從來沒有看過妳跟哪一個異性這麼靠近。」

「既然不相信我說的話，為什麼還要來問我呢？」

「我沒有別的意思。我只是、我只是很在意……」

「什麼都沒有。不管是跟誰。」

「宥涵，我……」

面無表情的看著亦誠，很平靜地回應他每個問題，但正因為沒有任何起伏因而讓對方更無法開口，連一點判斷的依據都沒有。

我突然對這一切感到好厭煩，無論是和學姊的短暫對話，還是看見守候在轉角的他，無論是誰都一樣，為了自己心中的不安自己的疑慮而強迫他人開口，抓住對方的手緊緊不放開就是為了那一個答案。

但是所謂的答案究竟是什麼呢？

在他們心中所抱持的結果終究只有一個，無論我跟小翰認不認識，學姊所要做的就是將我拉開小翰的身邊。無論我跟紹吾是什麼關係，眼前的他希望的是將我拉到他身邊。

那麼為什麼不直接明快的說出口呢？

「妳知道吧，小悠的事。」他的聲音中帶著一點責問又含有一些膽怯，「她說她喜歡我。」

「我知道。」

「但是妳明明知道我喜歡的人是妳。」

那又怎麼樣呢？因為你喜歡我所以我就必須為你剷除所有人嗎？無論是指向你或者指向我？到底為什麼你能夠理直氣壯的說出這樣的話來呢？

「我不知道。」

「宥涵，我真的很喜歡妳。」

「對不起，我真的只把你當朋友。」

「是因為沈紹吾嗎？」亦誠下意識的靠近，我心中那股厭惡開始劇烈膨脹，「是我還不夠努力嗎？我有自信比沈紹吾更好，只要妳給我機會……」

「就算不是紹吾也不會是你。」

「宥涵……」

「我就只把你當作朋友，不管那裡有誰或者沒有誰，我只會把你當作朋友。」

「我真的很愛妳。」

「但是我真的只能把你當作朋友。」

愛並不是簡單的對等關係，比較誰比較愛誰根本是沒有意義的一件事情。

我很愛你所以你也應該愛我，明明就知道是很荒謬的一句話，卻能在明白它的荒謬的同時堅定相信著。

「那只是現在，我只希望妳給我機會……」

亦誠太過逼近如果不離開說不定我會說出傷人的話語，側過身試圖轉身離開，

「我要回去了。」

「宥涵……」

突然他拉住我的手。左手腕。厭惡感和疼痛感同時爆裂開來，我想用力甩開他卻沒有辦法，感覺那即將癒合的裂縫在拉扯之間再度被撕裂，吃痛的我皺起眉，開始感到暈眩。

「放開我。」

疼痛造成的汗水在額際冒出，終於我發現他似乎是喝了酒，我所認識的亦誠對於感情是膽怯的，似乎藉助酒精讓他能夠坦白感情卻同時遮蔽了他的理智。

「放開她。」

下一瞬間我落入某一個人的懷裡，他確實地環抱我並且輕輕遮住我的雙眼，太過熟悉的味道在理智之前讓我緊緊抓住他的衣襬。

……為什麼要是你？

「你憑什麼多管閒事。」突然亦誠失控的大喊，「為什麼妳可以抱著沈紹吾，可以抱著這個陌生人，卻連靠近我都不願意？」

我感覺左手腕的位置有些濕潤，血液在對話之外不斷竄流，抓住他的左手因為失去力氣而鬆開但我依然用著剩餘的氣力不放開右手，說不定這是夢那麼在醒來之前我能任性的抓住你。

□

這是我第一次醒來的時候看見小翰。

他坐在書桌前的椅子看著我，所以一張開眼就看見他的目光，小翰……雖然想這樣喊卻發不出聲音，任何動作都沒有辦法，只剩下安靜的呼吸安靜的眨眼以及，安靜的淚水。

小翰站起身我以為下一步他就會轉身離開，卻在眨眼與眨眼之間發現他緩慢的走近，他伸出手像是猶豫又像是凝滯最後輕輕的擦去我頰上的痕跡。

沒有移動沒有聲音甚至盡可能的沒有眨眼，說不定眨眼之後會發現那只是海市蜃樓，小翰的觸碰在十年之中彷彿是場遙遠的夢。

現在卻那麼真實。

「我重新幫妳包紮過了，明天妳再去醫院一趟。」

說不定我還沒醒，這只是一場真實的夢境。

那麼，在夢裡的小翰會不會對著我笑？

伸出左手我像是測試一般，「好痛。」

小翰輕輕覆蓋上纏著白色繃帶的手腕，體溫間接傳遞到我的身體之中，**沒錯這是夢**，像是得以確認一樣我開心的笑了。

「這是我第一次夢到小翰呢。好像真的。夢裡的小翰雖然也不笑但好像有點不一樣，跟以前的小翰比較像……真是奇怪，明明看起來像現在的小翰感覺卻像以前的小翰，但是我也沒辦法選出喜歡哪一個小翰，小翰一直都是小翰，所以不管是夢到哪個小翰都很開心喔……小翰可以到我旁邊坐下嗎？雖然是夢可是我好像真的沒有力氣……不過這樣好像比較真實，以後說不定會不小心把現在當作真的一樣，如果是這樣不知道小翰會不會生氣，但是說不定以後也沒辦法以這麼近的距離看著小翰了……」

「我不會生氣。」

小翰終於在我身邊坐下，微微凹陷的床沿太過真實，也許是因為這是反覆想像的精細。在那些空白之中我總是不斷的想像小翰會在哪天來帶我離開。

「那天回家之後我一直一直哭喔，感覺好像惹小翰生氣了，但是那是我所能想到最好的辦法了……因為一直注視著小翰所以知道你很辛苦，就算不想看見我也還是站在旁邊，只要一想到這件事情我就不知道該開心還是該難過，一下子想要任性的拉著小翰，一下子又心疼的想要放開小翰……

「本來以為可以忍耐的，但是一聽到小翰跟我說『我沒有說妳不可以過來』，所有的理智在那一瞬間通通都不見了……所以是說我抓住小翰也沒有關係囉，一開始這樣想就感到很害怕，因為對小翰的感情是秘密啊，就算用著義務親情拉扯著小翰最後也只是會越來越痛苦而已……

「有好多話我都想對小翰說，只是每次見到小翰的時候都會擔心小翰會因為自己的哪句話而離開，漸漸的就什麼也說不出來了……我有寫在日記上喔，但是隔天醒來我就會把紙撕成碎片，順便提醒自己那些是不能被看見的，就連自己也應該學著看不見……夢醒了之後小翰就不會在身邊了吧。

「常常醒來的時候我都會在屋子裡繞來繞去，說不定會在哪個地方發現小翰的身影，可是走了好久才會突然想起來，小翰根本不會出現在這裡啊，就像現在一樣，所以才能肯定這是夢……因為我的生活裡屬於小翰的部分都變成空白了，所以才會一天比一天更加感覺寂寞吧。

「看見小翰身邊有另一個人理所當然站著的時候，我真的好難過，雖然已經做好心理準備但還是不想接受，但是學姊沒有給我任何假裝餘地的告訴我，她喜歡小翰……雖然知道這樣不代表小翰就會牽起學姊的手，但是誰都可以像那樣坦然的說出喜歡小翰，除了我之外……」

看著安靜聽著我說話的小翰，彷彿是真實的場景而我終於能把想說的話毫無保留的傾訴。

「我真的、很愛很愛小翰喔……」我小小聲的告訴他，「不過這個是秘密。」

伸出右手我小心翼翼的碰觸小翰的眉毛眼睛鼻子還有嘴唇，停在唇角我輕輕的扯開笑容，即使是夢我也想要把那樣的畫面牢牢記住。

「小翰，你可不可以對我笑呢？」

08

想伸手拉住他卻懸在半空中，擦過邊緣的觸感像一種想像，其實是分不清楚那到底是以為自己恰巧碰到或者是確實的滑過。對於小翰的情感正是踩踏在這樣的邊緣性。

擺盪在想像與真實之間。

「雖然妳說沒事，但因為電話裡的聲音聽起來太糟糕所以我還是來了。」

「只是身體有點不舒服而已。」

早上醒來的時候看見的依然是空蕩蕩的房間，但是那個夢卻太過清晰，所以我在房間裡反覆的繞著試圖尋找任何小翰曾經來過的痕跡。

卻什麼也沒有。

我突然好想聽見哪個人的聲音。對我說我不是一個人。

撥了小翰的電話號碼卻不敢按下通話鍵，盯望著螢幕上的數字，沒有名字沒有敘述就只是一串數字，但另一端卻能連結上小翰。

最後電話響了。

傳來的不是小翰而是紹吾的聲音。

「有看過醫生嗎?妳的臉色不太好。手，怎麼了嗎?」

「手……」

斂下眼我看著那段像被白色截斷的手腕，差一點我就以為那裡留有著小翰的溫度，然而那片空白就如同我與小翰之間的斷層，要遮掩的是那一道隱密卻又無法抹滅的疤。

紹吾沒有追問只是靜靜的坐在那裡。

「傷口、裂開了。」

「請醫生看過了嗎?」

如果紹吾接著問的是為什麼會受傷這類的問題，或許我就能夠流暢的說出謊言來，然而他關心的卻是有沒有看過醫生。

他在乎的是傷口是否能夠痊癒而不是怎麼造成。

我搖了搖頭，「昨天到家已經有點晚了。」

「待會我陪妳去醫院吧，傷口還是要好好處理才會痊癒。看起來很痛呢，所以更要好好照顧才行。」

「傷口，本來已經快好了。」覆上左手腕我停頓了好一陣子，紹吾總是能夠精確的掌握我說話的節奏，沒有任何壓迫以一種寬容注視著我，我以輕描淡寫的口吻緩慢的傾吐，「但是總會在預料之外的地方又被扯開。」

「但是醫院到處都有。」抬起頭我看見紹吾淡淡的微笑，似乎他的話語之中帶有某些隱喻又似乎只是簡單的感想，「如果能預料自己什麼時候會受傷也太厲害了一點，所以平時就要記得怎麼去醫院。」

「不想知道手腕上的傷是怎麼來的嗎？」

「如果妳願意說我會認真的聽，如果妳希望我問我也會誠懇的問，如果不想說那就不要勉強自己解釋，不能說不在意，但比起原因不管是扭傷也好割傷也好，我更在意妳還痛不痛和妳是不是有好好處理傷口。」接著他像是開玩笑一樣的看著我，「就像愛上一個人，重要的不是為什麼會愛上這個人，而是我已經愛上這個人以及，我該怎麼去愛這個人。」

「那你會怎麼去愛一個人呢？」

「這也是要視對象而調整的吧，如果對象是妳的話……」他的雙眼好深，像是在思考卻又像在隱藏些什麼，「我會盡可能的讓妳真心微笑。」

我稍稍別開視線，頭有點暈差一點就要以為紹吾是認真對我說出這些話，「我的微笑很不真心嗎？」

「嗯、該怎麼說呢，大概是有待加強的程度吧。」他說，「所以這種程度就不要在我面前表演了，不想笑的時候就不要笑，想哭的時候立刻哭出來也沒關係，反正我都隨身帶著面紙。」

「紹吾，我……」

我的話語在門把旋動的聲音響起瞬間消逝只剩下沒有標點的空白，或許是姊姊但事實上是不應該出現任何人的時刻，但是擁有那扇門鑰匙的人，還有另一個人。

所以我、連呼吸都差點忘記的凝望著那扇門。

如果夢能夠被延續。

「……小翰？」

冀望之中但意料之外出現的是小翰的身影，他看了一眼紹吾並沒有特別的表情，但屋子裡的空氣卻逐漸滯悶，被一種難以形容的沉默籠罩而下。

然而沒有人在意。或是還沒有人找到適當的開頭來打破這一個定格。

「去過醫院了嗎？」

小翰不輕不重的劃破了沉默，理所當然的說話方式彷彿站在這裡的每一個人都是極為日常的存在，雖然會納悶的試圖分辨眼前的場景，然而在這裡似乎是沒有必要的舉動。

我搖了搖頭雙手不自覺的用力抓緊衣襬，疼痛感從左手腕的某處開始蔓延，但與那樣的疼痛比較起來如果不抓住些什麼說不定就會全部鬆脫了。

「那我先回去了，有人陪妳去醫院我就放心了。」

紹吾帶著淺淺的微笑，明快地站起身，似乎有些什麼在他的動作之中一閃而過，但太過快速讓人無法分辨，只留下微弱的殘影。

「紹吾……」

「妳也應該準備去醫院了，如果有什麼事情的話，記得打電話給我。」

「嗯。」我輕輕點頭，「謝謝你。」

於是紹吾轉身朝門的方向走去，經過小翰的時候似乎稍微停頓了零點一秒，眨眼之後又彷彿那個停頓感只是一種假想，最後門被打開。闔上。

這裡剩下我和小翰。

「把手放開。」

「嗯？」

一步一步他朝我的方向走來，沒辦法好好思考他的話意只能盯望著他，接著看著他小心但絕對地拉開我勾住自己衣襬的左手，把手放開，聽見這句話的瞬間我感到強烈的眩暈。

原來我始終沒有做好心理準備。

「你不是要上課嗎？沒有關係的，我可以自己去醫院。」

「去穿外套。」

「我……」

「楚宥涵。」小翰的聲音摻了一些冷硬，和平常的他不太一樣，但那種細微的差異我卻分辨不出來，「外套放在哪裡？」

「房間。」

最後小翰走進房間拿了外套，像盯著我吃飯一樣確認我穿上了外套，不知道為什麼我的胸口有些泛疼，說不定會哭出來，所以我斂下眼不看他也不看任何自己的倒映。

只要別開眼，就能告訴自己那裡什麼都沒有。

□

傷口被撕裂得很嚴重。

「怎麼會這樣呢？」醫生帶著責難的口氣對著小翰，不是這樣的不是因為小翰

但小翰卻毫無反駁的向醫生說了對不起。

……對不起。

為什麼小翰要道歉呢？

「你不需要向我道歉，你也不好受吧，但是如果不好好照顧的話，傷口所造成的影響只會越來越大。」

跟在小翰的背後走出診療室，重新包紮的傷口反而感覺更痛，我想伸手拉住小翰卻懸在半空中，擦過邊緣的觸感像一種想像，其實是分不清楚那到底是以為自己恰巧碰到或者是確實的滑過。

對於小翰的情感正是踩踏在這樣的邊緣性。擺盪在想像與真實之間。

「……對不起。」

「妳沒有必要跟我說對不起。」

「還信誓旦旦的說不要再干擾你的生活，結果還是沒有辦法……」小翰停下腳步依然是背對著我，「再這樣下去說不定會變成放羊的小孩，保證自己可以照顧自己，最後卻像個反諷式的玩笑，但是、我真的會努力，一開始可能會很辛苦但如果你繼續待在我身邊，我就永遠都會對你有所期盼……」

「楚宥涵，」小翰的聲音迴盪在冰冷死白的長廊，偶爾有哪個人踩踏而過的聲響卻更加突顯那份死寂，「**我是妳的哥哥。**」

……我是妳的哥哥。

「如果你能早一點這麼說就好了。」

或許我就不會愛上你了。

待在小翰身邊的那段時間，之所以堅持不喊哥哥或許是因為等著他堅決的對我說「不管怎麼樣我都是妳的哥哥」，然而一天之後的另一天，即使是不變的小翰，我卻因為沒有一句堅定的話語因而愈加不安。

小翰還是我的哥哥嗎？不止一次想這麼問，然而溫柔的小翰必定會帶著微笑給我肯定的答案，不行、這樣是不行的，一定要小翰自己說出來才行。

但為什麼是現在呢？

在我將小翰視為一個男人而不是哥哥的現在，卻像諷刺一樣說出這樣的話語。曾經我最期盼的話語卻成為我最不願意聽見的聲音。

「不管怎麼樣我有責任照顧妳。」

「我並不想成為你的責任。」

「至少，在妳的傷口癒合之前，我沒有辦法放下妳不管。」看著他的背影我的淚水還是無法負荷，「如果想推開我的話，就努力的讓傷口復原。」

□

「我被亦誠拒絕了。」

才剛坐下小悠就沒有任何緩衝餘地的丟出這句話，但我想她並不是為了得到回應，只是需要一個傾訴的出口。即使那個人是我。

或許也不是，在三個人交互纏繞卻必須全部剪斷的關係線裡，似乎是以我作為中間點，縱使所有人都明白但卻必須以哪個人作為開端，通過那個人之後才能傳遞到下一個人手上。

「他好像也跟喜歡的人告白了。」

只要是關於亦誠的感情，小悠總是用著迂迴的方式訴說，或許是為了保全三個人的平衡，又或許是為了讓自己不要傷得那麼重。

明明是站在一起的兩個人，為什麼你所看見的不是我而是另一個人？

理智是沒有辦法好好發揮作用的，尤其是自己的好朋友，偶爾因為沒有辦法承認對方的目光打從一開始就不在自己身上，所以開始認為一定是另外一個人刻意吸引他的注意。

雖然知道不行但就是會反覆的這麼想。

我們所做的一切不過就是為了保全自己以及自己的愛情而已。

「我一直在想，自己是不是太衝動了一點，說不定就是因為自己的告白而讓他也不得不把感情說出口，如果再忍耐一陣子就好了……但就算是知道應該那樣卻沒辦法克制自己的感情，站在他身邊的代價就是必須近距離毫無遺漏的看著他注視著另外一個人……」

小悠輕輕的扯開嘴角但卻透著苦澀，看了我一眼又將視線移往遠方。

「我不後悔喔，其實自己也知道，遲早有一天會這樣，所以乾脆當作秘密永遠都不要說好了，但是啊，要隱藏自己的感情比被拒絕還要痛苦一百倍……老實說雖然有點難過但我現在輕鬆很多，不過我沒有打算放棄，因為我好像也還沒好好的努力過……」

「努力並不能改變一個人的感情。」我說。

我也曾經跟學姊說過這句話，但是現在我才發現，這句話其實不是對學姊也不是對小悠，而是要提醒自己。

「妳是在潑我冷水嗎?」沒想到小悠卻開心的笑了,「我知道。但是沒有努力就放棄,一定會後悔的,我寧可接受『努力也沒有用』的結果,也不要老了之後一直想著『如果那時候努力一點說不定就不一樣了』,再怎麼樣最糟糕也就是失戀而已啊,反正現在這樣子也算是失戀了。」

然而我所努力的卻不是要得到而是要放棄。

……我是妳的哥哥。

這句話狠狠重擊了我的胸口,不是推拒反而是一種接受。

不一樣的啊,親情友情同情全部都不一樣,帶著愛情的眼光凝望的對方回應的如果是另一種情感,比什麼都不回應更加讓人無能為力。

擁抱的時候如果對方不能夠坦然的伸出手,那麼、自己懷中的那份愛情事實上就等於絲毫影響力也沒有了。

但說著這樣的話的我,卻也用著「我只當你是朋友」回拒著亦誠。

看著對方捧著感情奮力的靠近,如果用力揮開就太殘忍了一不小心就會這麼想,所以像是交換一樣就算什麼也沒有還是會用力翻找出什麼遞出。

只要遞出東西那麼自己就能放心了。因為已經交換所以不必掛心了。

真是殘忍。

沒辦法好好的說出「我沒辦法愛你」而用著「我們是朋友」來搪塞。

但是、就算這樣一層一層探究也無法改變小翰是哥哥的事實。

不是啊因為沒有血緣關係所以明明沒問題啊，說不定哪天會因為忍受不住而扯著小翰的衣領大聲喊著，但人就是被所謂的道德感牢牢束縛；如果一點也不在意這件事，就像是一併踐踏了爸爸媽媽的愛一樣。

鑽牛角尖。作繭自縛。無論如何那就是一種支撐著我的執念。

「那妳跟沈紹吾呢？」

「紹吾？」我斂下眼卻想起他的微笑，「不是妳想的那樣，只是聊得來的朋友。」

「我第一次看見妳跟哪個異性那麼親近，所以那個時候有一股很強烈的感覺，好像我們三個人的友情會產生波動，雖然不是誰的錯但是小團體大概就是這樣吧，只要其中一個人有了比和團體裡更親密的感情，就會開始不穩了。」小悠很用力的深呼吸，「但這也是沒辦法的事情，小團體這種東西本來就很小家子氣，想談戀愛其實也是想跟另外一個人建立誰都進不來的小團體……不好意思我今天說了這一大堆，但是總覺得妳能完全明白。這陣子三個人如果見面的話可能會很尷尬吧，所以就麻煩妳忍耐了，如果這時候各自退開可能會連好不容易建立起來的友情都放掉。」

「我知道。」

「楚宥涵，妳就快點談戀愛吧，這樣我就會一點也不愧疚的『努力』了。」

「妳盡量努力吧，我一點也不介意。」

「真不知道妳是遲鈍還是太過敏感，從來就沒弄懂妳在想什麼。」小悠側過身對我露出燦爛的微笑，「不過沈紹吾越看越帥，那天抱妳回去的樣子讓人差一點就愛上他了，有些時候還是先下手為強。」

「就說了不是那樣，他已經有一個很喜歡的人了。」

「是嗎？」小悠不以為意的聳了聳肩，「重點不是他有沒有喜歡的人，而是妳喜不喜歡他吧。」

「如果……」我輕輕的呼吸，小心翼翼的唸出字句，「愛上的是個不能愛的人呢？」

我抬頭望向那片沒有雲的藍色天空，小的時候都把圖畫裡的雲塗成藍色，直到某天知道我印象中的雲和天空顏色其實是相反還感到打擊，但是為什麼看著圖畫跟看著天空的時候卻沒有任何衝突感呢？

「別人的老公？通緝犯？還是生物教授？」小悠把視線定著在我的身上，「這也沒辦法，愛上就是愛上了，這方面我是很豁達的，但是我想就算會造成別人的麻煩我也還是會說出自己的心意……嗯、大概就是到對方面前說『我喜歡你，就這樣』，接著就離開了吧。」

「那如果喜歡上的人，是自己的哥哥該怎麼辦呢？」

「沒想到妳喜歡這類型的題材啊。」小悠把我的問題當作玩笑反而讓我輕鬆一些，然而同時驗證了這一切的荒謬，「打死都不能說吧，雖然理智上是這樣想但還真是棘手的問題，畢竟血緣是件不用想就能否定掉努力的事情。」

血緣。

「那、如果沒有血緣……」

「怎麼感覺妳有點認真啊？」

「我只是想知道妳的想法而已。」

「我啊……會掙扎很久但最後還是衝過去吧，撲倒之類的……開玩笑的啦，雖然聽起來好像根本不需要掙扎，但反正就是得先掙扎，然後想清楚自己是不是能夠承擔打破界線的後果，再做決定吧。」

那麼，我是不是真的能夠承擔小翰完全離開我的世界的後果呢？

09

如果能夠許下一個生日願望，我希望在某個瞬間你能以看著一個女人的目光凝望著我。

抱著接近我身高的泰迪熊，把頭側過一邊才能看清楚爸爸的表情，雖然掛著微笑但卻有些生疏。

所以在我們之間隔著一隻泰迪熊或許更加恰當。這麼想著我就把熊抱得更緊了一些。

「喜歡嗎？不過每看見宥涵一次就會驚訝一次，一直以為還是個小女孩，當初還擔心宥涵會抱不動這隻泰迪熊呢。」

爸爸總是很刻意的喊著我的名字，就算能用妳或者她作為代替，但爸爸卻像是要補足一整年沒有喊出的分量一樣，在句子的某處嵌進我的名字；但越是這樣就越感覺兩個人之間的遙遠，刻意營造親暱的氣氛這樣的動作本身就是一種證明。

「今天姊姊沒辦法過來，但是暐翰會陪我們一起吃飯，姊姊有告訴爸爸，暐翰很照顧宥涵，所以趁著宥涵生日爸爸也想親自謝謝他。」

看了一眼站在旁邊沒有搭話的小翰，爸爸總是會避開任何一個跟我單獨相處的機會，無論是共處一室或是坐在餐桌上，只要有剩下兩個人這種短暫的片段，爸爸就會顯得侷促不安。

小的時候姊姊曾經對我說，爸爸只是因為不知道該怎麼跟我相處所以會顯得比較生疏，慢慢就會越來越熟悉彼此。我並沒有認真相信姊姊的說詞，那種生疏並不是帶著愛的不知所措，很輕易就能判斷出來。

因為從小我就是生長在一個充滿愛的家庭裡。

後來我才漸漸明白，爸爸之所以突兀的闖入我的生活，只是因為我應該姓楚並不是因為基於親情。

即使讓我喊著媽媽但她卻從來沒有對我說過話，私生女的標籤雖然沒有具體的貼在我的身上，然而從她的雙眼裡，我第一次深切的感受到，我的存在是一種錯誤。

「這邊有四個位置，剛好可以把泰迪熊放在宥涵的旁邊，也算是多一個人一起吃飯對吧。」

「嗯。」

小翰坐在我的對面，爸爸坐在熊的對面，這種微妙的安排雖然不起眼但傷痕就是這樣隱微的裂開，然而因為每個人都在掩飾，因而只能掩起傷口假裝那裡什麼都沒有。

所以完全沒有擦藥的機會。

在痊癒之前又會再度劃下另一道痕跡。

「知道宥涵和你唸同一所學校我放心多了，考試前的那一年聽說很用功呢，整天都在看書，宥涵真的很黏你啊，讓我這個做爸爸的都嫉妒起來了。」

「宥涵一直都很乖。」

雖然每年都會聽見小翰和爸爸言不及義的對話，彼此說著應酬的話語，我只能低頭安靜的吃著飯，他們兩個之所以努力的填補沉默就是為了我。

沒有關係的，就算爸爸沒有回來也沒有關係。

爸爸只有在生日的這一天才會回台灣，簡單的一頓午餐或者晚餐就是這一年所有的畫面，那個時候我曾經那麼對爸爸說過，然而看見的是爸爸必須花費更多心力編造更多虛偽的話語。

從此之後我就開始微笑，推辭只會增加身邊的人的愧疚和困擾。

「宥涵，這裡最有名的就是草莓蛋糕了，朋友還特別推薦我非吃不可呢。」

其實我最討厭的就是草莓喔。但是爸爸已經習慣用所有「女孩子都會喜歡」的邏輯套用在我的身上，甜食、洋裝和泰迪熊也是，我對這些東西都沒有特別的興趣，再怎麼樣我都不會跟一般女孩子一樣。

我看著草莓蛋糕上鮮豔的紅色，因為是高級餐廳所以整塊蛋糕佈滿了新鮮草莓，不是色素不是香料而是真正難以忍受的草莓。

拿起湯匙我望著爸爸帶著微笑咀嚼著蛋糕，接著一口又一口將蛋糕塞進嘴裡，盡可能不咀嚼的直接吞嚥，很好吃吧爸爸反覆的說著，我忍住眼淚忍住嘔吐的衝動扯開難看的微笑。

「很好吃。」耗盡所有力氣我也只能說出這三個字。

「宥涵爸爸必須趕到南部去，爸爸真的很想好好陪妳，但是臨時有公事要處理……」

我盡力的讓臉上的笑容停在不會洩漏心思的位置，這樣的弧度已經太過耗力，然而彷彿是考驗似的，微小但具備重量的撞擊不斷拍打在身上，好不容易讓手腳能夠攀住懸崖上的枯樹或者荒草，卻有風有雨還有落下的細碎砂石。

從某個點開始，就是突然意識到爸爸只是因為所謂的血緣，不得不讓我站過來的那種僵硬，卻又自私的不願意讓我離開。

因為本來就是我的女兒啊，聽見爸爸說出這句話的瞬間我異常恨他，即使平常沒有任何感情但只要他用著這種理所當然的語氣我就沒有辦法原諒他。

「沒關係，我知道爸爸也沒有辦法，今天已經很開心了。」

「那爸爸先走了，蛋糕還剩下一半快點吃吧。」接著爸爸轉向小翰，以愧疚的口吻，「暐翰不好意思，叔叔必須先離開，待會就麻煩你送宥涵回家了。」

「好。你先去忙吧，不用在意。」

看著爸爸的身影消失在門口，這十年來所能堆疊的他的畫面甚至無法掩蓋一天份的小翰，如果不是在這種場合如果沒有滿口自稱著爸爸，或許和陌生人沒有兩樣。

說不定，走在路上的時候也能輕易的經過，雖然有點面熟但因為想不出來所以是不重要的人吧。這樣想著。

「對不起，總是讓你在這種場合出現。」

無論爸爸或姊姊，儘管想抹滅小翰曾經是我哥哥的這個事實，然而卻又不斷的以他作為緩衝，怎麼想都太過自私；到底在他們眼中，小翰是以什麼樣的身分接下這些麻煩呢？

「今天是妳的生日。」

我想唯一沒有改變的大概就是每年生日的餐桌上一定都會有小翰，無論是以什麼形式出現的他，然而越是不變的畫面越能提醒我那只是殘餘的光影。

就像燭光即將熄滅前的閃動。

我斂下眼刻意忽略小翰的話語，「我可以自己回去，所以你不必勉強自己坐在這裡。」

「我不會做勉強自己的事情。」小翰雙手交疊在桌上，透過玻璃杯看見的那雙手扭曲的樣子，小翰所知道的畫面和我知道的截然不同，「我說過我會照顧妳。」

「因為是哥哥啊……」我輕輕笑了，然而雙眼卻有些模糊，「但是我沒有把你當作哥哥。」

「楚宥涵，就算妳沒有把我當作哥哥，但也不會改變我的想法。」

人啊、總是會在某些時刻不知情的狠狠傷了另外一個人。

用著這麼溫柔的方式一刀一刀在我身上劃下，這樣的小翰卻沒有辦法恨他。

因為，一直都是這麼溫柔的人。

「既然這樣，那就帶我去看星星吧。」

抬頭望向天空，不是滿月透著隱約的光。

星星一點一點的閃爍，在一大片的星星之中，也許哪個人正在努力辨別屬於自己的星星；然而打從一開始我的目光就不在星光而是月亮。

有些話是沒有辦法被說出口的。

其實我想看的是月亮喔。總感覺不能這樣說所以假裝喜歡的是星星，因為不能凝望你所以只能透過黑暗看著你。

如果能夠許下一個生日願望，我希望在某一個瞬間你能以看著一個女人的目光凝望著我。

坐在階梯上四周其實有些喧鬧，學校圖書館前總是有一群未歸的人躺著看星星，但這裡的星星卻沒有想像中那麼美，或許是因為太過光亮也或許是太過喧囂，但無論如何沒有任何一片星空能比記憶中的還要美麗。

「你曾經對我說過，現在的光太亮了所以看不清楚星星。但是，」凝望著月亮看著月光暈染了整片天空，「月亮卻還是這麼清晰。真的會有人分辨得出來那些星星嗎？有一段時間我好想知道答案，後來我知道每個星星都有編號，就像標本一樣被生硬的寫上學名，其實是不帶著感情只是因為需要編號而已……雖然還有某些星星仔細的被命名，北極星南十字星織女星這些類似指標性的存在，相對的也增加了追逐的群眾，那麼剩下的那些星點，就像閃動著一份又一份的寂寞……

「明明已經那麼努力在燃燒著自己，就只是為了等待哪一個人能辨別出自己，然而好不容易得到的卻是生冷的編號，然後說著我已經確認了你的存在，那麼就這樣吧……倒不如永遠都不要被發現，那麼就能抱持著剩餘的期盼，落空的盼望比無法實現的盼望讓人更加痛苦……像這樣看著星星，只是反覆驗證自己的寂寞罷了。」

小翰安靜的聽著我說話，我已經很久沒有對小翰說過這麼長的一段話，這十年來因為害怕哪句話甚至哪個字而讓他轉身離去，漸漸的能說的就只剩下某些毫無意義的話語。

或許人就是要做好全部失去的心理準備才能好好表達自己的感情。

在我和小翰之間，流轉的空氣已經打破了凝滯，那些凝滯是為了保留住所有他對我殘餘的感情；然而現在的我已經無法顧及，太過滯悶的空間裡回憶的重量太過壓迫。

摻入我的愛情之後，更讓人連呼吸都顯得艱難。

「只有寂寞的星星是不會那麼漂亮的，除了寂寞之外它一定還承載著更多的感情。」

我側過頭將視線移到了小翰的側臉，雖然是他的聲音並且從他口中說出，但卻讓我感到訝異。

那一瞬間，話語之中彷彿包含了過去的小翰。

於是我輕輕笑了，苦澀的味道從揚起的弧度散開，背負著哥哥身分的小翰也許真的回到了我的身邊，但我希望站在我身邊的卻已經不是那個他。

「但是那些感情，總有一天會讓星星燃燒殆盡的。」

小翰轉頭注視著我，毫無閃躲我凝望著他，不夠光亮的夜裡或許能掩去我眼中的愛情，然而即使可能會被發現我仍然想保有這一秒鐘。

沉默在我們之間蔓延，我想伸出手卻只能緊緊握住拳，小心翼翼的呼吸，如果這一秒能延續。

「即使想記住星星的光亮，但還是會不自覺的望向月亮……」我閉起雙眼，緩緩的吸氣，「我們從來，就不會記住某一顆星星，卻忘了月光。」

□

「怎麼一個人坐在圖書館前面發呆？」

「昨天在這裡看星星，但是記憶裡的畫面卻糊成一片。」

只剩下月亮的暈染。

「因為星空是匯集了所有星星的光亮才會那麼耀眼，所以有限的記憶力是沒有辦法完整記下來的。」

「欸、你說，星星散發的是不是寂寞的光？」

「不知道，不過，就算是寂寞的光也無所謂吧，只要有一瞬間讓某個人感到耀眼，那就值得了。」

「就算把自己燒光光也沒關係嗎？」

「那也沒辦法啊，就像愛情，即使知道對方背對自己卻還是移不開雙眼。」紹吾很明顯的嘆了一口氣，「甚至會自虐地把對方推向另一個人的身邊。」我轉頭看著他，紹吾輕輕扯開了嘴角，「星星的光亮是為了讓觀看的人感到幸福，所以愛情也是希望對方能得到幸福，伸手把對方推向前的動作，對我而言就是閃耀著最燦爛光芒的瞬間。」

「所以，她看著的是別人嗎？」

「妳不覺得我現在很耀眼嗎？」

輕輕的我笑了出來，「那個女孩子真的很幸運呢。如果她愛上的是你，或許會更幸福也說不定。」

「妳真的這樣覺得嗎？」

「真的。」我認真的點頭。

「這樣會不小心害我把推她的手變成拉她過來，所以這種話說一次就好。」紹吾的眼神太過深邃，倒映的是我卻又彷彿不是我，「一次我就會永遠記得了。」

有一點風，走過的人快樂談笑，陽光灑在我和紹吾身上，卻也因此在反光之中我總是有某些瞬間看不清他的表情。

「對了，你知不知道我的生日是什麼時候？」

「不知道。想要禮物嗎？那快點告訴我，說不定我會摘一顆星星給妳。」

「昨天。」

紹吾稍稍愣了一下，「是昨天嗎？」

「是啊，不過現在已經看不見星星了。」

「白天也是有星星的。」

紹吾拿出筆記本，把某一頁撕下又撕成細條，不發一語的摺著紙。

「真是沒誠意，想用紙星星來打發我嗎？」

紹吾只是露出微笑，繼續摺著手上的紙。

小時候我也常常摺紙星星，一顆一顆放在玻璃杯裡，在九十九顆的時候停下，然後要小翰替我摺第一百顆星星。

……為什麼總是要我摺最後一顆？

……這樣如果它們要回到天上，放在最上面的小翰星星就會是第一個發光的啊。

……所以呢？

……如果是第一個發光的，這樣我才能找到小翰啊。

「好了。」紹吾把塗成亮黃色的紙星星遞給我，「上面有寫妳的名字，所以看見的人很輕鬆就能知道，那是屬於妳的星星。」

「嗯，所以現在楚宥涵有了第一顆屬於自己的星星，謝謝你。」

「以後也許妳會有第二顆、第三顆星星，如果妳忘記現在這顆星星的話，我會收回來的。」

「怎麼會忘記呢？這可是沈紹吾同學用滿滿的愛摺成的星星呢。」

「妳真的知道裡面包含著我的愛？」

「當然，我可是很聰明的。」

「真是笨蛋。」

「你說什麼？哪裡笨了，嗯？」瞇著眼我盯著紹吾，「不管你說什麼，這顆星星已經寫上我的名字，就不會還你了。」

「我也已經收不回來了。」

「什麼？」

「我說，既然已經寫上妳的名字，收回來之後要放在哪裡我才傷腦筋呢，所以妳就好好收好，只要記得妳有一顆我送的星星就好了。」

「當然會記得啊，我要把它放在玻璃杯裡。」
「為什麼是玻璃杯？一般人不是都用罐子嗎？」
「因為這樣它才能回到天上啊，說不定那天，我就能夠分辨出哪顆是我的星星了。」
「楚宥涵。」
「嗯？」
「生日快樂。」
「謝謝你。那你的生日是什麼時候呢？我也可以送你禮物。」
「我想要的妳大概沒辦法給我吧，所以還是不要知道比較好。」
「你到底想要什麼啊？」
「這樣吧。」紹吾把整個身體轉向我，認真的看著我，「不能眨眼看著我十秒鐘。」
我睜大眼睛看著他，雖然差一點就眨眼了但還是努力忍住，不知道他想做什麼不過好像在這短暫的十秒裡看見了不一樣的紹吾。

「接著閉上眼睛。」

「嗯。」我輕輕閉上雙眼。

「剛剛那十秒鐘裡，妳看見的是什麼？要認真想。」

「看見什麼？」我認真的想但答案還是只有一個，「我只看見你啊。」

「楚宥涵。」紹吾的聲音好遠，輕輕淡淡我卻感到深深的振動，彷彿有些什麼進到了我心底，「我已經收到生日禮物了。」

張開眼睛我看見的畫面還是一模一樣。

「到底是什麼禮物啊？」摸了摸自己的臉，「你該不會偷偷在我臉上畫畫吧？」

紹吾慢慢的伸手將掌心貼放在我的左頰，我訝異地看著他，一直以來他都不曾主動觸碰過我，即使並肩而走也會隔開一段適當的距離。

「紹吾？」

接著紹吾捏了我的臉，「一直很想知道妳麻糬般的臉捏起來是什麼感覺，現在知道了，所以就當妳送過禮物了。」

「……麻糬般的臉？那到底是誇獎還是取笑啊？」

但是我的左頰，隱約還留有他的溫度，貼放上的那短暫空白之中，他的溫度確實的讓我感受到了。

真的、很溫暖。

10

「這麼近的距離我沒有辦法看你，」輕輕靠在他的懷裡，心跳的振動細微卻強烈，「如果張開眼睛還能看見你的話，那麼我真的會以為你會一直在我身邊。」

「小悠、宥涵。」

一下課學姊就開心的向我跟小悠打招呼，亦誠果然蹺課了但誰也沒有提起，小悠拉著我往學姊跑去，然而我看見的並不是逐漸靠近的她，而是小翰。

「宥涵妳的手怎麼了？受傷了嗎？」

「扭傷所以用繃帶固定。」

「看起來好痛喔……」學姊很自然的就勾住小翰的手，彷彿今天她的目的就是為了讓我看見這一幕，「暐翰你說對吧？」

小翰並沒有望向我的左手腕而是看著我，他輕輕鬆開學姊的手，「今天妳該複診。」

或許他並不知道這樣自然的語句就因為太過自然而讓周圍的空氣瞬間凍結，學姊以不可置信的眼神看著我，視線來回在我和小翰定格的動作，像是無法理解小翰為什麼會說出這樣的話。

其實不懂的是我，我不明白為什麼他要挑在這種時候戳破彼此偽裝的陌生。因為是哥哥，所以讓我出現在他的世界也沒有關係，或許是抱持著這樣的心思，正因為我想逃離，所以才伸手抓住嗎？

那麼、抓住之後呢？

滿足了他身為哥哥的道德與義務，我卻必須永遠那麼近的看著一個我深愛但卻不能愛的人。

「不是說不認識嗎？」學姊的音調太過尖銳，卻沒有對小翰造成任何動搖。

「走吧。」

這句話不是對著學姊而是向著我。走吧。我們是一國的喔表達出這種意味的冷淡，到底這算什麼呢？

「我可以自己去。」

「楚宥涵。」

小翰只喊了我的名字卻清楚表達了他的意思，某些時候他是相當固執的，尤其是牽扯到生病或是受傷這類的事情他絕對不會讓步，但其實我從來都沒有違逆過他的意思。

因為小翰所提出的要求，從來就不曾跨越過界線。

「學長我可以陪宥涵去醫院，所以你跟學姊可以先回去沒關係。對吧宥涵？」

我沒有看向小悠，因為是扭傷所以小悠不應該看見傷口，我用力抓緊衣襬，「我可以請紹吾陪我去。」

小翰斂下眼望著我的傷口，包覆著白色繃帶的傷痕，對每個人都說只是扭傷，在他們的認知中扭傷就是所謂的真實，之中藏匿的那道裂縫因而更加無法被掀開。

我一個人過得很好。

這是爸爸和姊姊所相信的真實，那道傷痕已經成為一種逼迫，所以只能比過去揚起更加燦爛的笑容用著更加輕快的語調。

不用在意我只是調皮而已。

很輕易的就被爸爸和姊姊接受，但是小翰，因為是小翰所以這樣的偽裝一點用處也沒有。

「那天那個人嗎？」

「嗯。」我低下頭不想看見小翰的眼神。

學姊和小悠只是靜靜的聽著我和小翰的對話，小悠納悶的用眼神詢問，而學姊似乎是想自對話之後判斷我和小翰的關係。

是沒有辦法斷定的喔，因為就連我自己也無法清楚定義小翰的位置。

「下次，妳再和他去吧。」

小翰拉起我的右手，這是他第一次跨過我們之間那段空白拉住我，忽然我望著交握的他的手與我的手腕感到有些恍惚，抬頭看見的依然是冷淡的表情，但卻有些什麼確實的被改變了。

「暐翰……學妹都說了她可以請人陪她去，你就不要勉強她了。」

「都已經勉強那麼久了，沒差這幾分鐘。」

「你們，認識很久了嗎？」學姊以無法原諒的目光投射到我身上，「但是宥涵說她不認識你。」

小翰的手似乎用力了一些又也許只是錯覺，他就站在我的身邊而彼此有某個部分相互疊合，然而我們的心卻分歧得太過遙遠。

「我認識她就夠了。」

小翰拉著我的手一直沒有放開，儘管用著緩慢的步伐走著儘管我不會轉身跑走，但小翰還是牢牢的抓住我的手。

突然我希望這段路程永遠不會終止。

但是寫著永遠的路途上，小翰身邊的人不會是我。

「這樣會讓學姊誤會。」

「誤會對妳而言很困擾嗎？」

小翰，對我而言困擾的並不是讓哪個人誤會，而是那樣的畫面就只會是一種誤會。

□

走進醫院一股濃重的藥味竄進鼻間，踩踏在冰冷的長廊上我感到有點寒冷，每次只要行走在這樣的長廊我都感覺步伐所造成的聲響會透過振動讓整個人碎裂。

對了、那是在爸爸帶著我進行親子鑑定的時候。

僅僅是為了確認那無聊的血緣。

站在診療室門口小翰鬆開我的手，放開的那瞬間我感覺有些什麼剝落了，空蕩蕩的感覺從那交疊處開始擴張，不是寂寞不是孤單而是一種失落。

那裡曾經有過什麼。

「為什麼……就因為是哥哥嗎？」

「就算不是妳哥哥，我也沒有辦法放下妳不管。」

「但，我可是把你丟掉的人喔，轉過身就不再回去的人喔……」我輕輕的笑了，「所以，你也乾脆地把我丟掉吧。」

「就是體會過那種感覺，所以才沒有辦法輕易捨棄另一個人。」小翰的聲音顯得有些沙啞，順著他的視線望去卻只是一面白牆，「我說過，只要等到妳的傷口復原之後，我就會離開妳的生活。」

「既然這樣今天為什麼要闖進來？」望著他的側臉到底是為什麼，「既然決定離開為什麼還要這樣？留下一個屬於你的空位，然後就永遠都必須是空位了。」

因為每個人都知道，那裡曾經有一個徐暐翰。

「楚宥涵小姐、楚宥涵小姐……」

護士的聲音插入了我和小翰的對話，我別開眼跟著護士走進，接著看著她熟練的上藥包紮，一邊說著有那樣的哥哥真好的話，一邊將刺痛的藥劑塗抹在我的傷口，我的胸口也一起泛疼。

因為太痛我的淚水克制不住的落下。

「很痛嗎？我再輕一點，妳也再忍耐一下，等等就好了。」

「傷口，真的會復原嗎？」

「只要好好照顧，很快就會好了，雖然上藥的時候會有點痛，但只要撐過去就會癒合了。」

「大概、多久會好呢？」

「說不定一個月就會結漂亮的痂了，妳放心吧，現在的疤痕是可以消除的。」

但是有些疤痕卻一輩子都無法被忽視。

「謝謝妳。」

「記得不要碰到水喔，雖然是很溫和的東西，但沾濕了還是會對傷口造成負擔。」

「好。」

我啊、太過明白溫柔才是最傷人的利器。

□

躺在床上我望著空蕩蕩的天花板，剛上完藥的左手腕隱隱泛疼，為了癒合所以不得不忍耐的痛。

為了讓小翰自由而不得不癒合的傷。

小悠打了好幾通電話，鈴聲以一種不接起她絕對不會放棄的姿態反覆響著，間歇性的聲響與停頓其實手機就擺在我的手邊，但那又怎麼樣？

所有的叫喊如果都能有所回應，那麼就不會有那麼多鬱悶的人了。

最後我還是接起電話，妳還好嗎學長跟妳到底是什麼關係怎麼他看起來有點兇

學姊看著你們離開都不說話……小悠不斷的說不斷的說，因為沒有得到答案所以不斷不斷的說。

有一種煩躁就是從某一個問號作為起點，反覆堆疊之後成為再也無法忍受的追問。

「小悠，我沒事。」

「那學長……」

「我不想說他的事情，現在不想，以後也不會提起，所以，」我閉上雙眼天花板的空蕩令人太難承受，「也請妳不要再提起他了。」

「那妳好好休息，如果想說話或是要人陪的話，就打電話給我吧。」

「嗯，謝謝妳。」

於是電話被掛斷。從來我就不喜歡以電話作為一種交談的媒介，那是一種憑藉記憶所建構的真實，其實聲音是不一樣的喔，但因為確信是對方所以失真也無所謂，卻那又比信件少了太多想像。

並且，以一種無法逃躲的方式提醒我們，那個正在交談的人並不在自己的身邊。

有好幾次我打電話回家、那個有著爸爸媽媽和小翰的真正的家，卻只是安靜的不說話，沒有聲音就只是接通而已。

但即使是這樣媽媽也還是知道電話的另一端是我，於是她開始說話，就像是我還在身邊一樣說著冰箱裡的牛奶沒有了該去買或是爸爸過幾天要出差該準備什麼好呢……

後來我開始在每天的三點五十分撥打電話，看著旋繞的分針秒針我只能給自己十分鐘短暫的幸福，指針走到四點的瞬間媽媽就會理解般的說著唉呀該出門了、衣服洗好要去晾起來這些話讓我掛斷電話的動作不會顯得無情。

媽媽明天要跟爸爸出門所以下午不會在家喔……

那一天媽媽溫柔的說著為了不要讓我的期望落空，即使不出聲不在身邊媽媽也還是仔細考慮了我的心情，然而那卻是我最後聽見媽媽的聲音。

連續好幾天，無論電話響得多久，從三點五十分到四點整，這十分鐘內不間斷的一直響著。

卻始終沒有人接聽。

……我爸媽出車禍過世了。

我想，就連十分鐘的短暫幸福也不應該擁有吧。

那天開始我就時常看著電話發愣，三點五十分、三點五十一分……或許在指針走到四點整之前，媽媽會從哪裡打電話過來，我們回來了喔真是的這次旅行還真久宥涵有沒有乖乖吃飯啊……用著輕快的語氣這樣說著。

媽媽，宥涵已經長大了喔。

如果電話真的響起，我一定、一定會好好的說出這句話。

□

站在門口鑰匙還拿在手上我感覺到確切的重量感，但眼前的畫面卻顯得不真實。

小翰坐在那個開始成為空缺的位置上，安靜地翻著書我想他知道我回來了卻仍然以自然的姿態待在原地，輕輕闔上門最後我卻還是在那個我總是望著他的位置坐下。

時間的流逝與度量似乎變得沒有意義，在這個全然失卻時間感的空間之中像是扭曲一般的存在，理所當然坐在這裡的小翰，安靜凝望的我。

太過日常卻也太過恍惚。

「為什麼你會在這裡？」

「今天是星期三。」

「可是你已經告訴姊姊，你不會再來了……」

「我只是前陣子比較忙，所以沒辦法過來而已。」

「徐暐翰……」雖然是很奇怪的一件事，但這的確是我第一次喊出他的全名，彷彿唸出這三個字我和他之間的位置便開始產生微妙的移動，「你到底想做什麼？」

「我待在妳的身邊需要理由嗎？」

看著他我斂下眼，這個世界上有很多理由會使兩個人站在一起，也許只是偶然也許是一種刻意安排，然而我和小翰兩個人站在彼此身旁是一種偶然也是一種必然。

因為是哥哥所以待在這邊是理所當然的，因為是情人所以待在這邊是理所當然的，兩段句子僅僅是一個詞的差異。

無需理由之前，都存在著前提。

我躺在沙發上視線仍然膠著在小翰身上，倒下來的視野像是一種翻轉但自己還是能夠知道對方沒有改變，就算是倒立看著前方喊著真是太奇妙了這樣的驚嘆語，但我們都清楚的知道，翻轉的是我們而不是世界。

變換角度只是為了要讓我們更加全面的去觀看某一個客體。

然而我卻怎麼也看不透小翰。

彷彿立著屏障我的視線只能透過某一個平面，多傾斜一度說不定就會看不見，雖然知道屏障只要手一揮就能夠拆除，但我們並不知道能夠全面性的看見這個人是不是一件值得開心的事。

我很愛你所以想要多了解你，這樣說著的人卻在越來越深入明白之後開始叫喊，為什麼要讓我知道這些我一點也不想承受這些，到底該怎麼做才好呢，站在原地的那個人也許窮其一生都得不到答案。

然後我閉上眼睛，隔了很久很久又也許不是，但一分鐘與一小時在我的體內並沒有太過明顯的差距，對我而言就是一段很長的時間。

我感覺身體被人抱起是小翰的味道。

「我沒有睡著。」仍然閉著眼睛我這麼說，有好幾次也是這樣凝望著小翰不知不覺就閉上眼睡著了，帶著小翰就在我身邊的安心感，醒來的時候總是躺在床上。

但今天我還醒著。

「我知道。」

「閉上眼睛才是離你最近的時候……」

「宥涵。」不是楚宥涵而是宥涵，確實今天在我跟小翰之間位置正逐漸移動，

「張開眼睛還是能看見我。」

「這麼近的距離我沒有辦法看你，」輕輕靠在他的懷裡，心跳的振動細微卻強烈，「如果張開眼睛還能看見你的話，那麼我真的會以為你會一直在我身邊。」

小翰將我放在床上，輕輕將棉被覆上但我感覺他仍舊站在原地，閉起眼的世界並不是全然的黑，而是留有燈光的痕跡和殘留的影像，那之中並沒有小翰，他是鮮明並且獨立的在腦海中被清楚描繪的存在。

「明天早上我有課，所以妳醒來之後不會看見我。」

在字句的句點之後接續的是他和緩卻清晰的腳步聲，然後啪的一聲燈暗了門被

輕輕闔上，我睜開雙眼卻來不及看見他的背影。

……妳醒來之後不會看見我。

無論我怎麼追問小翰從來不會給我這麼確切的答案，小翰你會來嗎我會看見你嗎你會不會待在這裡這樣的問題只能夠以等待來證明，對我和小翰而言，這樣肯定的話語就像下定決心一樣。

在那之前每一次的見面與不見面、會或者不會都是經過反覆的猶疑擺盪，那裡沒有答案，因為自己什麼答案都不敢要。

□

「欸、小翰，你說為什麼一個人會希望另一個人永遠待在自己的身邊啊？」

「因為很需要對方吧。」

「所以是需要而不是愛嗎？」

「不知道。到底是需要還是愛，或者是兩者都有，等到那個人出現妳就會知道了吧。」

「可是我希望小翰永遠都待在我的身邊啊。但是我還是不知道。」

「那分辨出來之後妳想做什麼呢？」

「不知道耶，就只是想知道而已啊，不管怎麼樣，小翰會一直待在我身邊嗎？」

「會吧。」

「一點都不肯定。」

「就算想待在妳身邊，也不知道以後那裡的位置還是不是我的啊。」

「才不會咧，我身邊的位置啊，永遠、永遠都是小翰的喔。」

……永遠、永遠都是小翰的位置。

11

不要再用哥哥的身分，自以為是的介入我的生活……我不需要、任何同情任何安慰我都不需要，尤其是你的……

「妳不是說不認識暐翰嗎？」

學姊站在我的面前，用著太過尖銳的語氣混著怒意與一些不安直視著我；我看著她並不想多說什麼，然而時常人所認為無須解釋的什麼，在另外一個人眼中看來就如同是一種藐視。

「楚宥涵，這就是妳的手段嗎？」

手段？到底我還有什麼樣的手段能夠抓住小翰呢？

「妳想要的是他的愛情吧。」我輕輕地說，很輕很輕因為害怕這樣的字句會讓自己崩解，「既然如此就不必擔心我。無論在我和他之間有些什麼，那絕對不會是愛情。」

「妳憑什麼那麼篤定？」

「看著他就會知道了不是嗎？」

「妳是在諷刺我嗎？」學姊往前走了一步像是想要大聲叫喊最後卻還是沒有，「我真的很努力，一直待在他身邊努力，但是他從來沒有用像看妳的眼光看過我……」

「因為我們是不一樣的。」我斂下眼，輕輕的笑了，「我是他的妹妹喔，雖然不想承認但這就是事實。」

「但是……」

抬起頭再度把視線放置在學姊身上，「但是?我們看起來不像兄妹？」

「那種眼神並不是……」

「妳在這裡做什麼？」

順著聲音的方向望過去是逐漸走近的小翰，我突然想起來這裡是我家門口，學姊的身影出現得太過突兀。也太過張揚。

「我……因為那天看學妹身體好像很不舒服，所以想說來看一下她。」

我並不打算拆穿學姊的謊言，每個人都知道那不會是真實的陳述，只是因為不想破壞平衡不得不採取的手段。

「請妳先回去吧。」

「我……」還想要說些什麼但被小翰冷淡的眼光截斷，學姊只好安靜的轉身離開。

留下另一陣沉默。

「學姊真的很喜歡你。」我並不想這麼說但話語就這樣帶著尖銳敢從口中滑了出來，「所以請你多放一點心思在她的身上，不要再管我了。」

「楚宥涵。」

「是啊，是楚宥涵而不是徐宥涵啊，既然知道這件事就不要再用哥哥的身分，自以為是的介入我的生活……我不需要、任何同情任何安慰我都不需要，尤其是你的……」

如果再這樣下去一切都會瓦解的。

「你真的想要照顧我嗎?你真的想要知道我心裡在想什麼嗎?」看著他我的淚水開始滑落臉上卻掛著笑容,「『我沒有把你當作哥哥』這句話並不是推拒也不是為了引起你的注意,是真的喔、是真的……我愛你。不是親情不是友情而是愛情。」

說出來之後,就沒有回頭的餘地了。

「所以,就當作是為了我好,不要、不要再給我任何你的溫柔了……那只會讓我,更加痛苦而已……」

小翰看著我不發一語的站在原地,沒有離開也沒有趨近,只是用著複雜的眼神看著我。

一直以來即使是面對這樣的小翰我仍舊會忍耐著只為了能夠凝望,然而如果不轉身的話，那就永遠都離不開了。

終於我轉身離開。

抓握著對於小翰的愛情用力呼吸，我的肺部竄進讓人疼痛的氣息，一步、一步並不是目睹著小翰離開而是讓他再度記憶我的離去。

……對不起。

那麼愛你卻不斷傷害著你。

太過沉重的愛情讓我不能看見你，也不能看見自己。

「說不定有一天，我可以像以前一樣喊你哥哥。」

「那麼到時候，再一起去看星星吧。」

12

「我們去動物園吧。」

「動物園？現在？」

「是啊，現在就出發，反正很近啊。」

「你說的動物園是有很多動物會跑來跑去的那裡嗎？」

「不然還有其他地方嗎？」

我張大眼睛想辨別紹吾究竟是開玩笑還是認真想去，最後在他爽朗的笑容中我們走進了動物園。

太陽不大天空透著微光，雖然想說是陰天卻仍然有太陽，但卻沒辦法肯定說是晴天，但這樣的微亮與微溫讓人即使長久行走也不會感到不適。

跟紹吾在一起的感受也是這樣，能夠讓人放心的走著的那種同伴。

「先去看無尾熊吧。」

「為什麼第一站是來這裡呢？」

看著無尾熊的遊客似乎只有我和紹吾兩個人而已，雖然不是假日但仍然有一大群人聚集在貓熊館，這裡卻冷冷清清連無尾熊都顯得意興闌珊。

「有一次我站在這裡，看見一隻無尾熊在地上一直繞圈，繞了二十幾圈以為牠終於打算休息的時候又開始繞了起來。雖然旁邊的人喊著好可愛，但我卻有些難過，從那麼遙遠的地方被送來這裡，接著被圈養在玻璃櫥窗裡，看著來來去去的人自己卻離不開原地……不知道為什麼後來我就常常一個人站在這裡，後來我才發現之所以這麼在意是因為跟自己很相像吧。」

紹吾蹲下身似乎是想平視在地上的那隻無尾熊，牠並沒有轉圈但顯得有些焦躁的來回走動，樹上的無尾熊像睜不開眼睛一樣攀附在樹上，同一個櫥窗中卻是截然兩個不同世界。

「相像？跟繞圈圈的無尾熊？」

「是啊。想離開卻沒辦法離開，結果就只能在原地打轉……」紹吾笑著看我一眼又將視線轉回眼前，「楚宥涵，我今天心情不好，所以身為朋友的妳要負責逗我開心。」

「那我轉圈圈給你看。」

然後我開始在原地轉圈，一圈兩圈但最後也數不出來因為頭好暈，停下來的時候站不穩被紹吾接住，但卻聽見他開心的笑聲。

「真是，無尾熊的平衡感比妳好太多了。」

「可是你看到牠繞圈不會笑，看見我繞圈就笑了啊，所以我還是比無尾熊好一點。」

「妳再這樣對我笑，我可能就放不了手了。」

「你說什麼？」紹吾的聲音很小我聽不清楚，恰好經過的小孩興奮的喊著媽媽，我別開眼讓視線重新回到紹吾身上。

「去其他地方吧。」

像散步一般我們並肩而走，看著他的側臉帶著若有似無的微笑和一點淡淡的哀傷，也只有在這個時候能看見這樣的他，轉向我的紹吾總是帶著安撫的眼神以及爽朗的微笑，一直注視著自己的疼痛卻沒有想到紹吾的心也在泛疼。

他提及好幾次的那個女孩，目光膠著在另一個人身上的女孩，如果能偶爾回頭看他一眼，或許就能看見讓人心疼的這個男人了。

「為什麼心情不好呢？」

「早上醒來的時候就覺得不舒服了，這裡，」紹吾指著他的左胸口，「連作夢都會夢到那個女孩子，再這樣下去真的不行了。」

「她……知道嗎？」

「知道，也不知道。」紹吾專注的凝望著我，「就像這樣，**妳知道我在看妳，卻又不知道我看的是不是妳。**」紹吾移開眼，回過頭又揚起溫柔的笑容。「那個女孩不是很聰明，所以沒有發現，不過這樣我才能靜靜的守在她身邊……因為她最近不是很開心，所以有點難過，我唯一想到的地方就是動物園了，看見動物跑來跑去應該會很開心，這是我從幼稚園就奉為信條的一件事。」

「紹吾……」

我看著他不敢想像他口中的那個女孩說不定會是自己，那個讓他那麼辛苦的女孩……

「所以才先來場勘啊，因為不知道女孩子喜歡什麼動物，再怎麼說妳也是個女孩子，應該會比我清楚才對。」

我低下頭突然覺得有些可笑，差一點就以為自己是紹吾心中的那個女孩。真是笨蛋。

「那我們去看蜥蜴吧。」

「蜥蜴？」

「其實比起熊啊大象或是長頸鹿，我更喜歡爬蟲類呢。」

「楚宥涵，到時候搞砸了妳可是要負起責任喔。」雖然這麼說紹吾還是跟在我的身後，「可是蜥蜴不會跑來跑去吧。」

「會啊，蜥蜴意外的很會跑耶。」

「但是我每次看牠們都賴在原地不動啊……」

差一點我就笑了出來。

有這樣的紹吾待在身邊，無論看的是什麼動物都會讓人感到開心。但這件事紹吾大概一輩子都不會發現吧。

□

才剛走出動物園就看見小翰站在門口。

「我打電話叫他來的。」轉頭望著紹吾我不懂為什麼要叫小翰來這裡，但是心卻開始泛疼，「想說的話還是說出來比較好吧。」

紹吾並不知道在我和小翰之間，不能被說出口的也已經全部被透露了。

「紹吾……」

「那我先走囉，如果這傢伙欺負妳的話，我會立刻趕來的。」

紹吾的身影逐漸縮小，最後在某一個瞬間走出了視野，然而小翰卻以相反的姿態朝我走近，最後在距離一個跨步那麼遠停下腳步。

走在小翰的身邊，從來他就不會走得太快，即使沒有回頭看我仍然能夠保持一定的距離，雖然無法靠近卻也不會走丟。

「為什麼要來這裡？」

小翰的姿態彷彿是刻意抹去那一天的記憶，在我們之間並沒有所謂的愛情，或許正是因為小翰保持著日常的語氣與步伐才更加讓我明白他的溫柔。

然而小翰仍舊不明白，我已經假裝太久所以沒有辦法像過去一樣站在空白之外，或是扮演一個安分的妹妹。

我深深的呼吸，這些日常或許，最終會成為我的依靠吧。

「我一直想知道，」小翰的聲音停頓了好久，但句尾未完的意味卻仍在延續，「為什麼妳沒來……爸媽的告別式。」

「因為沒有去的資格。」

停下腳步我望著他的背影，兩步之後他也停下步伐，緩慢而堅決的轉過身來面對著我。

「妳永遠都是爸媽的女兒。」

所以是為了反覆提醒我，我們之間只有親情嗎？

不要這樣求求你不要這樣，雖然想叫喊卻只能用盡全身的氣力保持平穩的語調。

「我知道。就是因為知道才沒辦法去。」斂下眼看見的是他襯衫的白色鈕子，然而我的思緒卻已經開始飄離，「只要走進告別式，看見我的爸爸媽媽一定會原諒我，帶著微笑說著沒關係這樣的話，但是、怎麼可能沒關係呢？不要再怪自己了，爸爸媽媽從來就沒有生過妳的氣啊，每次做錯事情的時候媽媽總是這樣告訴我，所以這次也會一樣吧，只要走到他們面前很輕易就能得到原諒……

「但是這樣我就會一輩子讓他們失望了，沒有辦法根本沒有辦法，原諒自己這種事其實比原諒任何人都還要困難……所以無論如何都不能去……」

「妳沒有做錯任何事。」

「就算沒有犯錯，也是會成為一個不可饒恕的人。」抬起眼我看著他，「我一直以為你會很恨我，但是現在我才明白，最恨自己的人是我。」

「宥涵……」

「所以我沒有辦法面對你，看著你的時候就會讓我感到很痛苦，一次又一次的回想起來……所以、謝謝你願意陪在我身邊，但是我已經沒辦法負荷了……」

「有些事情也許只是一時的誤認，」小翰的聲音顯得低啞，卻像拿著凶器奮力的往我胸口刺去，「我知道在妳的生命裡留有太多遺憾，但儘管是這樣我的私心也還是希望回到過去。」

……過去。

「我要怎麼回到過去？像現在這樣勉強彼此？」

「我從來沒有感到待在妳身邊是一種勉強。」

「但是我有。」我的淚水一滴一滴滑落，每一次眨眼就是一次滴落，「像這樣站在原地對我而言就是一種勉強。我求求你不要再管我了，就算傷口永遠都好不了也不要再管我了……不要一直提醒我你是我的哥哥，這樣只會讓我越想用親情綁住你，但是我對你的感情根本不再是親情了……所以我求求你，不要、不要再用這種溫柔來傷害我了……」

□

傷口一天一天在癒合，小翰依然在每一個星期三出現，在每一次複診時站在門外，但彼此的距離卻越來越遠。

本來就是自己想要的結果，然而必須站在那麼近的距離觀看著他的離去實在太過疼痛，所以我開始不看他，看著他的手他的肩或是他的襯衫鈕釦，如果從他的眼底看見自己的倒影，說不定就會膠著在原地不願意離去了。

他只是努力扮演一個哥哥的角色。

反覆的我這樣提醒自己，對於小翰而言我並未被放置在愛情的向度之中。

亦誠打了電話給我，對不起很懇切的這麼說，後來他說了很多話但我現在什麼也記不得了，只是三個人又重新回到走在一起的畫面；雖然看起來跟過去沒有多大差別，然而之中卻流轉著微妙的情緒。

每個人都在努力，無論是為了修補或是為了靠近，因為被掀開了但不想鬆手只好忍耐著找尋新的平衡點。

但是我再也不跟亦誠單獨相處。

能被修補的是友情而不是從來就不存在的愛情。

「繼續發呆可能會越來越笨喔。」

紹吾遞了一瓶果汁給我，坐進我右手邊的位置，側過頭我看著他，「謝謝。」

他沒有提起那天的事，和小翰一起從動物園回家的那一段路，雖然過了很久但紹吾像遺忘一般從未提及。

等到想說的時候再說就好了。他是這麼對我說的。

「太常坐在這裡會被曬成竹炭麻糬吧。」

「說不定能在白天看見星星。」

「白天是看不見星星的。」紹吾喝了一口果汁，用著輕快的語調他已經不止一次這麼對我說，「唯一能在白天看的就是月亮而已。」

我知道。

因為追逐的始終是月亮所以才努力想分辨出星星。

「醫生說我的傷口快要好了。」

我給自己的寬容也即將到達極限，說要放棄卻還是沒辦法奮力將小翰推開，當小翰說出「等到妳傷口好了之後，要我離開我就會離開」這樣的話，我感覺自己就像看見浮木一般。

這是最後一段能夠如此凝視著他的時光。

「傷口總會癒合的。所以，慢慢的在妳心中其他地方的傷口也會癒合的。」

「是嗎？」

「每個傷口都有痊癒的可能，但有些時候我們卻希望某些傷口永遠都在，說著這是不可能復原的傷但其實是自己不願意面對。」突然我看不太清楚他側臉的反光，「因為接觸到藥劑的時候會很痛，那一個瞬間比傷口本身的疼痛還要劇烈好幾倍，所以需要被克服的是這樣。楚宥涵，抗拒自己的人不會得到所謂的幸福快樂。」

□

但終究傷口是癒合了。

第一個星期三第二個星期三接下來會是第三個沒有小翰的星期三。

其實沒有小翰的生活並沒有太大的改變，我一樣坐在沙發上看著斜對面的位置發呆，一樣和小悠亦誠三個人走在一起，一樣和紹吾分享心情，姊姊偶爾會打電話過來，那段時間她好不容易喊出的小翰的名字再度被遺忘。

不管從哪個角度上來看都沒有任何改變，傷口已經不痛只要用著手錶就能夠遮掩，於是我又開始一貫的微笑。

偶爾紹吾會用著心疼的眼神看著我，偶爾會在課堂上與小翰擦身而過，偶爾會在晚上安靜的哭泣，但是這樣的偶爾慢慢會被習慣的。

就像我的寂寞一點一點的擴張，習慣也能夠逐漸佔據我整個身軀。

蹲在公園裡的大樹下，偶爾我會在這裡待上一整天，雖然必須踏上小翰天天會經過的路途，然而這裡已經成為唯一我能寬容自己的場域；我一直在想，也許身體裡有一部分的我仍舊帶著遇見小翰的想望，說不定我跟小翰只是因為躲貓貓的遊戲還沒結束而已。

所以他還沒找到我。

不要來找我。但是我卻這麼告訴小翰。

但我卻還在倒數。

……數到一百才可以張開眼睛。

……張開眼睛的時候如果看不見小翰怎麼辦？

……因為是躲貓貓所以本來就不會看見，但是我會一直喊著「妳在哪裡」這樣妳就知道我還在找妳啊。

……會不會很久小翰都找不到我啊？

……如果想被找到的時候，妳就大聲的倒數好了，等到妳張開眼睛的時候，我就會站在妳面前了。

所以我反覆的倒數。

並不是為了等待小翰而是要告訴自己他已經不會站在我面前了。

有風還有落葉被踩踏的聲音但太過細微也許只是我的錯覺，這些日子時常誤以為回過頭就可以看見哪個人，所以我沒有睜開眼，數到一之前不能睜開眼。

三、二、一。於是我睜開眼。

我看見有一個人站在我的面前，或許是紹吾，偶爾他會陪我坐在長椅安靜的沉默，我緩慢的抬頭順著襯衫順著鎖骨順著頸項。

然後我看見你。

安靜的我凝望著小翰，也許是一移動就會消失的海市蜃樓。

「為什麼不穿外套呢？」

我眨了好幾次眼小翰卻仍然一動也不動的站在我的面前，用著好久不見的口吻輕輕淡淡的說著。

「天氣已經開始變涼了，下次出門前記得把外套穿上。」

「秋天已經到了嗎？」
「嗯。」小翰輕輕點了頭，「落葉也越來越多了。」
「但是這裡一年四季都有落葉。」
「即使景色相似但還是不一樣的，就連風的味道雲的形狀都不一樣，只要仔細看就能分辨得出來。」

我已經很久很久沒有這樣跟小翰安靜的對話，聊著日常就像是一直以來都是這樣交談的，我仍舊蹲在原地而他站在我面前，沒有微笑沒有表情連聲音也輕輕淡淡。

但卻有一點秋天的味道。

「最近好嗎？」
「嗯。跟以前都一樣，所以沒有什麼不好。」
「傷口還痛嗎？」
我搖了搖頭，「已經很久不會痛了，醫生問我要不要把疤痕除掉，不知道為什麼，一點都不想要這麼做。」
「想留著的話就留著吧，也許有一天決定不要，還是能夠去除的。」

「任何事物都可以像這樣隨時被去除嗎？」

「沒辦法吧。」小翰注視著我停頓了一陣子，「有些事大概、永遠都沒辦法從心裡去除吧。」

有些人也是。

「如果想去除的事情卻無法被清除該怎麼辦呢？」

「不知道。有些事情我們永遠不會有答案。」

「我還是沒有辦法認出來天上的星星，就連北極星也找不到。」

「那我改天買一本星座圖鑑給妳吧，應該就能夠找到了。」

「前天我一個人去動物園看繞圈圈的無尾熊，牠一直繞圈圈為什麼不會暈呢？我一直這樣想可是發現，停下來才是會感到頭暈的時候，但是不停下來的話，永遠都走不出去……」

「等妳走一段路之後，說不定會看見不同的風景。」

「如果還是一模一樣呢？」

「那麼妳看見的我，也還是會站在這裡。」

「就是知道你會一直站在這裡，所以才會那麼難以離開……」

看著小翰我感覺雙腳有些僵麻，但如果起身說不定會因為靠得太近而湧生越界的心思，就這樣一點一點的往後退然後我們就會明白哪裡是對兩個人而言最適當而安全的位置。

等到那一天，或許我就能夠接受小翰只能是哥哥的這件事。

「說不定有一天，我可以像以前一樣喊你哥哥。」

「那麼到時候，再一起去看星星吧。」

13

擦身而過的時候，我別開雙眼努力的不讓屬於你的記憶再有新的顏色，卻還是留下了你眼角的餘光。

反覆的觀看著自己，這些日子以來，割捨了你之後的生活事實上並沒有太大的改變。

然而突然我發現，自己從未割捨過你。

無論是拉近或者退開，那只是一種物理性的劃分，距離一公分與距離一千公里的實質距離並沒有所謂的絕對意義，即使是課堂上坐在旁邊的陌生同學，在手肘與手肘輕微碰觸的瞬間，也仍舊是陌生。

在我的心裡。你始終在那裡。

那天我一個人走到了爸爸和媽媽的墓前，我總是一個人站在那裡好久，下起了細雨沾濕了雙肩然而那種冷透的感受卻是從身軀之中開始擴散。

我渴望哪個人的擁抱。

曾經以為對擁抱的渴望或是希冀寂寞被消弭，只要有哪個人在身邊就可以，但那不過是一種安慰性的短暫溫度，雙手交握時溫暖的是一種表層，再度恢復到一個人與另一個人的時候，卻比起初更加清楚明白那是打從心底湧生的空蕩。

在那裡、有一個只能是你的位置。

沒有理由沒有妥協也沒有任何餘地就只能是你。

無法被填補。

擦身而過的時候，我別開雙眼努力的不讓屬於你的記憶再有新的顏色，卻還是留下了你眼角的餘光。

僅僅是零點零一秒的微光，卻太過刺眼。

像是一種劇烈的反光，直射進我心底那塊屬於你的區塊，即使閉上眼睛也只是更加看清那些曾經那些想望與那些遙不可及。

真正的遙遠並非沒有你，而是、你就在那裡卻不在，這裡。

14

這樣的堅定反而成為一種阻卻，我開始感到不安，說不定只是因為在妳的世界裡我一直都是理所當然的存在，所以妳才會認為我不可或缺……

坐在地板上我望著擺放在沙發旁的電話，將頭靠在沙發上伸出手差一點就能搆到邊緣了。

三點四十八分。

牆上的掛鐘在這個時刻總是顯得太過吵雜，秒針一步一步的走動彷彿同時逼迫著我往前，一秒接著是下一秒但那之間卻開始產生斷裂。

答、答……聲響之間的空白並沒有所謂的連接，而是一種斷然卻以餘音的錯覺假裝兩者的連續；十年之前與十年之中，相隔的十年斷裂偶爾會像秒與秒之間一樣誤以為有所連續。

那不過是餘音。

前一秒的記憶尚未消弭而又疊覆這一秒的畫面。

三點四十九分。

我的心跳開始加快，數著呼吸那是一種永遠都只會落空的期待，那為什麼又懷有期待我卻無論如何都不能明白。

在我心裡的某一個角落，始終不願意承認某些已經成為事實的現狀，例如寂寞例如爸爸媽媽的離去例如我和小翰之間。

為什麼不開口呢？

義無反顧的說出我愛你這樣的話，至少能讓自己塌陷得比較踏實。

不止一次這樣想著，我愛你事實上比我不愛你更加容易說出口，然而因為我已經長大已經不是那個跟在小翰後面張望著他的背影的小女孩，所以也就沒有辦法輕易的伸手拉住他，只為了讓他回頭。

……小翰你今天都不理我。

……因為要準備考試，妳乖乖坐在旁邊好不好？

……不好。

……那妳想要做什麼？

……我要小翰看我。

……因為穿了新衣服了嗎？

……小翰早就發現了嗎？

……對啊，只要是宥涵的事情就算不說我也都會發現啊。

那麼、小翰你是不是也已經發現，壓在我胸口太過沉甸的愛情以及太過寂寞的寂寞？

三點五十分。

時間很輕易就往前推移，其實無法移動的是我們，看著秒針分針繞過一圈又一圈，站在寂寞之中蜷縮的自己、裹在棉被試圖逃避的自己、吞嚥下草莓蛋糕忍著眼淚的自己，都只是為了讓自己停留在原地自以為是的努力。

但是地球公轉的速度正在加快並非減緩，而我們之間所站立的原點也漸漸錯開。

三點五十一分。

寫了好多信想要給你，最後卻在每張紙上留下滿滿你的名字，沒有字句沒有標點只有你的名字。

我以為這樣思念就能被宣洩，卻反而被彌封在每一個書寫的動作之中。

沒有小翰也沒有關係。

你說喃唸一千遍就能實現的句子始終卡在九百九十九這個數字上。

萬一真的實現了該怎麼辦？

三點五十二分。

流星雨的氣象預報從好幾天前就開始，於是有人開始準備願望打算瘋狂的許願，然而當天上閃過數千數百的流星，我們的願望卻反而找不到寄託的終點。

無法分辨星星的我們，該怎麼抓住流星的尾巴呢？

三點五十三分。

我閉上眼從一百倒數到一。

所謂的如果就是未曾實現或者永遠不會實現的敘述句。

不動的右手拉直了也什麼都搆不到，僵麻的感覺從指尖開始蔓延，並不是劇痛而是逐漸擴大的微疼，一點一滴確實的啃食，不過就是一個不起眼的開端正這麼想著的時候，轉眼間卻已經成為無法挽回的現狀了。

但卻沒有任何移動的欲望。

有些時候人就是刻意選擇毀滅的途徑，不是為了死而是為了生，最接近死亡的可能卻能體會自己正在活著；所以、越接近絕望是不是正代表那裡存在著希望？

三點五十四分。

我已經決定忘記愛情之中的你了。

這句話到底要對誰說呢？

愛情並不是回收物或者不可回收物，拿在手上不知所措到底該如何分類，這部分的你與那部分的你不想留和想留下的記憶通通混合成一種愛情。

但我們之間除了愛情還有親情。

分不開的彼此只能，看著你然後學著忘記你。

三點五十五分。

希望的可能性開始走到中點，剩下五分鐘的期盼卻沒有任何縮減，就像機率越小的彩券持有人所抱持的希望越大。

所謂的人，正是利用如此極端的意念在生存著的。

三點五十六分。

我以為是錯覺我真的以為那是一種想像或是一種記憶。

電話鈴聲確實響起。

不是擺放在另一張沙發上的手機而是就在指尖邊緣的電話。

用著僵麻的右手我奮力的往前傾，抓起話筒的那瞬間它毫不留情的滑落，撞擊聲之後傳來的是另一端來自哪個人的叫喚。

「宥涵……妳在嗎？」

我的淚水一滴一滴無聲的滑落，將耳朵貼緊話筒試圖確認那是一道真實的聲音。

「宥涵？」

「我在。」

「怎麼了嗎？妳在哭嗎？」

刻意忍著哭聲卻像反向放大一般越來越難以忍受的喘息，他安靜的等著我的哭泣，隱約中聽見他的呼吸，即使是話筒的另外一端也確實存在著某個人。

「我在聽，無論妳想哭泣或者妳想說話，我都會安靜的聽著。」

這些日子以來所壓抑的感情遠遠超出我所以為能負荷的程度。十年之間張望著小翰都能忍受的一切，卻在用力推開他之後瞬間潰堤。

後來我終於明白，凝望小翰本身就是一種出口。

抓握著小翰還在我身邊的安心感，一點一滴的填補胸口的寂寞；然而在唯一的出口被猛然斷卻之後，才了解那些感情已經積聚得太過滿漲。

我猜想紹吾是看得最清楚的人。

帶著恍惚的眼神有好幾次都差點誤以為在身邊的人是小翰，或許紹吾也已經發現，於是他用著有點悲哀的眼神安靜的注視我。

我總是斂下眼，即使他從不探問卻也已經洩漏太多。

所以、此刻的我已經，沒有辦法繼續承受這樣的沉默。

以及你的溫柔。

「我沒有辦法……一直想壓抑一直逼迫自己捨棄，卻更加、更加意識到自己已經陷得太深……」我用力的呼吸，彷彿不這麼做就無法汲取到任何氧氣，「在我記憶的起點，小翰就已經在我的世界裡了。」

「我知道。」

「為什麼不得不捨棄呢？就像必須割捨自己一樣是沒辦法的事情，我的記憶我的生命已經滲透進他的一切，就連呼吸也是……」

話筒的另一端傳來深深的嘆息，如果是看著對方的眼睛一不小心就會揚起微笑了，因為害怕在哪一個皺眉之間被清楚的看透；然而那種自我保護卻也是另一種自我傷害，想求救的時候卻什麼也說不出口。

只是需要一點時間。我可以的。這麼對紹吾說，然而卻像是一種蹩腳的自欺欺人。

聽見紹吾的聲音那瞬間，一種希望與失望強烈的碰撞，終於讓我心中積聚的痛的愛毫無保留的爆發。

「楚宥涵……不想放棄的話就用力的抓住吧……」紹吾的聲音帶著一點沙啞，

「雖然也想這麼對自己說，但是看著對方疼痛的樣子就沒有辦法自私，終究還是不一樣的，所謂的愛情並不是用力抓住就能抓住，但是如果不試圖用力抓住的話，那就真的什麼也抓不住了……」

「但是，無論如何我都不敢伸出手，因為他不會揮開而是會輕輕的握住，溫柔的說著，我在這裡……我知道他在那裡，我知道他會對我微笑，但那樣的溫柔卻……」

卻會讓我心中的空缺越來越無底。

「因為還不想絕望所以願意承受失望……宥涵，我也跟妳一樣一直在這樣的迴圈之中打轉，寧可忍受一次又一次的刺痛，也不敢面對全然碎裂的結果……但這樣下去只會拖著傷痕累累的身軀和永遠無法被填補的愛情，空洞的活下去而已……」紹吾的聲音混著我的哭泣，「既然如此那就碎裂吧，全部毀壞之後才有重新開始的可能。」

「紹吾……」

「這些日子以來，妳的忍耐、妳的痛苦全都毫無遺漏的進到我的心中，有些時候我們並不是為了催促誰而得到結果，只是為了自己的難以承受……楚宥涵，我一直注視著的那個女孩，那個讓我經歷跟妳相同迴圈的女孩，就是妳。」

……我。

我看著前方卻找不到任何焦點只剩模糊一片。

意識畫面氣息動作在那瞬間凍結，一直以來溫柔陪伴著我的紹吾正以那麼近的距離承受著疼痛。

「本來想要問妳要不要一起去吃飯的，沒想到卻變成這樣……大概、因為不想再忍耐了吧……在妳疼痛的同時，我必須承受著妳的疼痛與自己的疼痛，所以、我現在伸出手想要抓住妳的愛情以及，妳……」他的話語像是一種留白，卻在以為終止的時候又劃破了靜止，「楚宥涵，我已經越界了，所以妳也沒辦法繼續站在原地了……往前後退就當作是我的私心對妳的逼迫……我們總要用力痛過才能了解愛情的可得與不可得……

「我愛妳。」

貼著話筒我一句話也說不出口。

「妳只要聽著我的心就好，人是自私的，愛情也是自私的，我們以為可以忍受，但那不過只是一種自我安慰，因為不想怕傷害所以用著保護對方作為藉口來自圓其說……所以為了我的愛情，為了我期望的我們的愛情，就讓現在我對妳的愛作為最後的壓迫……」

然後電話被切斷了。

緊握響著單音的話筒，呆坐在原地眼淚無法遏止的流下。

我們都以為自己的傷最重最深，卻不會知道有另一個人在自己的身旁承受著兩倍的疼痛。

於是我放聲大哭。

用力的、像是要耗盡所有氣力一樣的瘋狂大哭，全部的寂寞空虛在這一瞬間劇烈的爆發，所有關於我自己的愛情與我自以為的忍受，那只不過是一種恐懼。

趴在沙發上右手失卻力氣一般下一秒是話筒摔落的聲響，我安靜而努力的呼吸，淚水漸漸轉為無聲但剛剛來自話筒另一端的我愛妳卻無限放大。全部碎裂之後才有重新開始的可能。

隱約中我聽見門被旋開的聲音，然而我猜想是來自記憶遠端的迴響，離開家的前一天小翰旋開我的房門，用著安靜的眼神無語而深深的凝望著我。

他什麼話也沒有說。

或許最後一絲反悔的念頭正是在他轉身的瞬間被消弭。

我只是想藉由任何手段來證明，小翰的世界也必須有我。

卻沒有想到必須是自己先深刻的認知，失去小翰的世界有多麼的空蕩。

「楚宥涵……」

我聽見誰的聲音。

望著摔落在地面的話筒，缺乏繩索的拉扯而癱放在地上，然而我確實聽見自己的名字迴盪在這間壓縮著寂寞的空屋裡。

緩慢的我回過頭。

接著我看見你。

一步、兩步、三步……我以為你會停留在一個跨步的空白之外，卻在我的想像之中你毫無停滯的朝我走來，在那之前我並不知道跨越界線是如此輕易的舉動，只要一個動作就能到達彼端。

下一秒鐘你緊緊抱住我。

「對不起。」

你這麼說。

「為什麼？」

……是你。

你抱住我在我耳邊反覆說著對不起，然而這三個字並不像一種懺悔而是一種終於。

輕輕推開你用著模糊的視線仔細端詳，沒有人開口也沒有動作然而你卻已經跨過了那道不知是你或是我所築起的界線。臨界的空白。

最後我伸出手。

「你在這裡嗎？」

我所想知道的是，走進這裡的你是不是同樣的走進我的愛情裡？

你握住我的手，凝望著我用著緩慢而沙啞的聲音，「我一直都在這裡。」

「那為什麼我看不見你。」

「因為在妳的愛情裡，我害怕自己只是倒影，所以只敢站在邊界看著妳。」

「我一直都很愛你……」

「我很害怕，妳會把對親情的遺憾誤以為愛情……」他輕輕的說著，「不能那麼自私的佔有妳。」

「所以你才一直對我很冷淡嗎？」

「每次看見妳的時候，就像不斷的在提醒自己，我沒有好好照顧妳……我不止一次的後悔，如果那時候大聲的要妳別走，或許一切都會不一樣了……但就是知道只要我那麼說，妳就會留下來……」

他深深的望著我，「因為不希望自己的愛是一種蠻橫。」

「親情跟愛情是不一樣的……」

……因為我是妳的哥哥。

這句話反覆迴盪在我的心中，我開始害怕會不會只是因為我沒有辦法好好走過，因而小翰決定拿他的愛情來成全我的想望。

「我知道，我比誰都還要清楚。」小翰握住我的手似乎更加用力，但語調卻太過小心翼翼，「在妳很小的時候，我就知道妳不是我的妹妹，我也從來沒有以妹妹的稱呼指涉過妳，因為那是不一樣的，雖然以前不懂但後來清楚的明白，那種愛是有著絕對性的不同……」

「對不起……在我心中可以那麼堅決的認定愛情和親情是輕易就能分辨的絕對，但卻以相反的念頭加諸在妳身上，以為妳只是想要抓住過去的幸福，沒有辦法收復親情所以解讀為愛情……」

「小翰……」

「從那天開始妳就沒喊過我小翰了。」他露出淺淺的笑容，語氣中卻帶有深深的嘆息，「對不起，我拒絕的並不是妳，而是我自己。妳曾經對我說過，在妳記憶開始之前我就已經存在了，如果一切都這樣順暢的下去說不定這會是最深的牽絆……但是，因為最後不得不被拉開，所以這樣的堅定反而成為一種阻卻，我開始感到不安，說不定只是因為在妳的世界裡我一直都是理所當然的存在，所以妳才會認為我不可或缺……

「宥涵，要面對自己的心遠比我想像的還要艱難……聽見妳像放棄一般的將妳的愛情攤放在我的面前，如果能好好接住就好了，那時候真的這麼想，但如果那只是一種誤認，或是、那只是一種妳對我的溫柔……」

「因為在我們之間的親情太過不穩彼此又太想拉住對方。」

「……對不起。」小翰輕輕擁住我，「讓妳承受這麼多的痛苦。」

才剛停歇的我的淚水又一滴一滴的滑落，小翰的指腹停駐在我的右頰，淚水順著他的手滑落並不是承接，他並沒有拭去我的淚水，但我卻開始明白，承接並不是一種愛的必然，有些什麼是必須被釋放的。

「我真的很愛你。」

「我知道。」小翰輕輕吻上我的額際，「所以我跨過邊界了。」

謝謝妳從未捨棄我。

15

坐在餐桌上我把草莓挑給小翰，他看了我一眼毫不考慮的吃下。

「不喜歡草莓為什麼每次都要挑有草莓當作裝飾的甜點？」

「因為想要看小翰吃掉我不喜歡的東西啊。」

「所以妳現在是開始在報復我了嗎？」

「草莓很好吃的，嗯、至少大家都是這樣說的。」

我揚著甜甜的微笑開心的吃著巧克力蛋糕，雖然不是很喜歡甜點但因為唯一難以忍受的食物只有草莓，但咬著巧克力我還是吃到草莓的味道了。

皺起眉我盯著蛋糕，小翰乾脆的把他的蛋糕和我的對調，什麼也不說就繼續吃了起來，或許就是這樣的小翰才讓人感到安心。

無論如何都能知道他在注視著自己。

「為什麼那時候小翰會來呢？」

一直到現在我也還是不知道為什麼小翰會那麼湊巧的在那個時刻出現，雖然紹吾坦然的對我微笑但卻什麼也不提，「我現在在療傷所以不要跟我提任何有關那個男人的事情」，像是賭氣一樣這樣對我說。

雖然我很沒有同情心的笑了。

但是紹吾的愛情，我確實的、深深的記住了。

「因為那傢伙。」

小翰也和紹吾一樣，打死都不願意喊對方的名字，明明就不算認識的兩個人，卻在這種地方異常的有默契。

「紹吾？」

「他打電話給我，說了一堆話……反正就是那樣啦。」

「說要搶走我的話嗎？」把身子傾向前，小翰裝作沒看見的繼續吃著蛋糕，這一點跟小時候完全一模一樣。「爸爸媽媽說不定會生氣。」

「生氣什麼？妳故意把不喜歡的東西推給他們兒子嗎？」

「才不是，媽媽告訴我啊，不喜歡的東西都交給小翰就好了，媽媽就是這樣對爸爸做的。」

「所以我就說，媽媽的教育真是莫名其妙。」

「才不是說這個，我是說……嗯、就是我們的事情啊，我還是很怕爸爸跟媽媽生氣。」

「我想不會吧。」

「為什麼這麼肯定？雖然很愛我們但說不定會因為無法接受而在天堂生氣。」

「媽媽、一開始就知道了。」

我抬頭望著小翰看見的是他淺淺的笑容，「一開始？」

「妳以前老是把我拉到爸爸媽媽面前，說要嫁給我，還記得嗎？」

「嗯。」因為只要像媽媽和爸爸一樣就能夠和小翰永遠在一起了。「媽媽那時候還很開心的說要替我準備禮服，有一陣子兩個人就天天討論要穿什麼顏色的婚紗呢。」

「所以有一天，我跑去問媽媽，當時下定了很大的決心呢，我還清楚的記得媽媽正在摺衣服，站在她的面前『媽媽我可以娶宥涵嗎』很大聲的問。」小翰看了我一眼，臉上是我想念很久的溫暖微笑，「媽媽愣了好久，本來以為會被罵沒想到她卻認真的對我說：『那要先問過宥涵才可以呢』，那時候媽媽一個人還為妳的嫁妝很傷腦筋。」

「結果呢？」

「最後她決定她替妳準備嫁妝，爸爸替我準備聘禮。」

「根本就會變成他們兩個人的交換禮物。」

「那時候我還覺得媽媽很聰明呢。」小翰有點不好意思地別開臉。

小翰用著像是從很遙遠的地方汲取回憶的聲音，「過沒幾天，媽媽就告訴妳，其實妳跟我們沒有血緣關係。」

訝異的我盯望著小翰，原來兩個人繞了太過漫長的遠路才確認了彼此的愛情，然而此刻的我卻露出「真是沒辦法」的微笑，至少我和小翰不會再對兩個人的愛情感到懷疑或者不安。

我們回到的並不是原點，而是旋轉了三百六十度看遍所有風景之後，仍然決定回到彼此的身邊。

「小翰。」

「嗯？」

「我最喜歡你了。」

漾起愉悅的微笑我凝望著他，小翰沉默了好一陣子之後撇開雙眼，輕輕咳了幾聲接著快速站起身。

「要喝果汁嗎？」

「我要喝柳橙汁。」

跟在小翰身後走向冰箱，就像很久很久以前的畫面一樣，小翰伸手打開冰箱在拿起果汁的那一瞬間，「只有喜歡嗎？」

「嗯，所以小翰要更加努力才行啊。」

「楚宥涵。」

「什麼？」

小翰闔起冰箱門卻仍然站在原地沒有轉身面向我。

「可是我很愛妳。」

「這樣不行的啊，就算小翰很愛我，我也沒辦法改口就說很愛你這樣的話。」

我將臉頰輕輕貼上他的背，「所以小翰，你要一直陪在我身邊才行。」

「楚宥涵。」

「嗯？」

「我一直都會在妳身邊。」

The End

後記

之一 關於這篇故事

寫完再讀的時候，時常會對宥涵的顧慮與壓抑感到煩躁，明明只要說出口就好了啊這樣想著。

然而書寫的時候，因為站在宥涵的立場，那些心思或可說是信念，非這麼做不可是一種執拗，因為不希望失去小翰也不希望傷害到他。

透過這篇故事我想說的是，陷入感情的我們，太過輕易的會將所有事物摻雜在一起，最後忽略了心底最純粹的心情。

無論是宥涵或是小翰，都是以自己的方式想保護對方並且保有對方，卻始終踩踏在失去的邊緣。

愛情是一種保有的慾望也是一種失去的可能。

然而無論如何，透過愛情所看見的自己以及對方，就像藉由透鏡一般產生了歪斜或者扭曲，或許這正是愛情必須相互確認的理由。

之二　關於這些日子

事實上在這篇故事之前經過了許多輾轉，在故事與故事之間不斷的考量，逐漸扭曲了我心中書寫的感情，所以一直裹足不前。

也因此敘述這篇故事時即使有了架構卻也斷斷續續，回過頭來看才終於能夠承認，那是一種對於自身的恐懼。

太多期望與太多追求堆疊而起，反而模糊了最初的起點。

我只是希望，能夠藉由我的文字我的故事讓哪個人得到感動。僅此而已。

Sophia

All about Love ／ *06*

踩踏在邊境之上你的，我的愛情

國家圖書館出版品預行編目資料
踩踏在邊境之上你的，我的愛情／Sophia 著.
一 初版. 一 臺北市 ： 春天出版國際, 2011.09
面； 公分. 一（All about Love ；06）
ISBN 978-986-6345-95-1（平裝）
857.7 100017157

ISBN 978-986-6345-95-1
Printed in Taiwan

作　者　Sophia
封面設計　克里斯
內頁編排　三石設計
總編輯　莊宜勳
企劃主編　鍾靈

發行人　蘇彥誠
出版者　春天出版國際文化有限公司
地　址　台北市忠孝東路四段303號4樓之一
電　話　02-2721-9302
傳　真　02-2721-9674
E－mail　frank.spring@msa.hinet.net
網　址　http://www.bookspring.com.tw
部落格　http://blog.pixnet.net/bookspring
郵政帳號　19705538
戶　名　春天出版國際文化有限公司
法律顧問　蕭顯忠律師事務所
出版日期　二〇一一年九月初版一刷
定　價　180元

總經銷　楨德圖書事業有限公司
地　址　台北縣新店市復興路45號3樓
電　話　02-2219-2839
傳　真　02-8667-2510

印刷所　鴻霖印刷傳媒股份有限公司

06

All about Love

06

All about Love